KB075392

너의 세계

최양선 장편소설

너의 세계

창비

1

'오늘은 어떤 하루가 될까?'

시오는 설레는 마음으로 중앙문 앞에 섰다. 중앙문은 테라의 숲에 있는 열두 개의 입구 가운데 가장 웅장하고 화려했다. 아치형으로 된 중앙문 둘레에는 나팔을 불거나 춤을 추는 모습의 천사 석상들이 방문객을 향해 환영의 몸짓을 보여 주고 있었다.

시오는 중앙문의 자동 개찰기에 손목을 댔다. '삐' 소리와 함께 시오가 소유한 유전 물질 중 일정 분량이 입장료로 지불됐다. 숲의 확장을 기념하는 날이니만큼 입장료는 다른 때보다 저렴했다.

"어서 오십시오, 시오 님. 개장식에 오신 걸 환영합니다."

금박 단추를 턱 밑까지 바짝 채운 경비대원이 허리를 숙이자 시오도 고개를 끄덕여 예의를 갖추었다. 시오 뒤로 엘리시온 행성인들, 즉 엘리시안들이 테라의 숲으로 속속 들어오고 있었다. 모두들 우아했다. 남자들은 말끔한 정장을 입고 있었고, 여자들은 굽이 높은 구두에 각양각색의 치렁치렁한 드레스로 멋을 냈다. 시오는 그들의 차림을 보며 지구 행성 자료집에서 보았던 18세기 프랑스 로코코 의상을 떠올렸다. 다른 엘리시안도 시오처럼 자동 개찰기에 손목을 댔다. 시오는 그 모습을 잠시 지켜보다가 발걸음을 옮겼다.

테라의 숲은 엘리시온 행성의 유일한 생존 지역인 오르도 주위로 형성된 녹지였다. 오르도에는 중앙 물질실 아토무스와 우주 정거장, 기숙 학교, 물질 소유자의 주택 단지 등이 조성되어 있어 과연 엘리시온의 모든 기술이 집약된 곳이라 할 만했다. 테라의 숲은 그런 오르도를 보호하듯 빙 둘러 에워싸고 있었다.

숲은 공기부터 달랐다. 중앙문 주변에 심어진 울창한 포플러는 맑은 산소와 피톤치드를 내뿜어 상쾌함을 더했다. 엘리시안들은 길게 심호흡하며 맑은 공기를 들이마셨다. 자신들이 지불한 유전 물질의 가치만큼 신선한 공기를 흡수하려는 것이었다.

시오의 주머니에 있던 통신기가 울렸다. 확인해 보니 어머니 테라였다.

"시오, 어디니?"

"방금 도착해서 중앙문에 있어요."

"때맞춰 잘 왔구나. 조금 전에 수장님이 방문하신다는 연락을 받았다. 숲 관리실로 오렴."

"네."

시오는 통신을 끊고 중앙문에서 50여 미터 떨어진 관리실로 발길을 옮겼다. 수장님 생각을 하니 가슴이 벅차올라 발걸음이 빨라졌다. 시오는 마지막으로 수장님을 본 기억을 떠올렸다. 사 년 전 기숙 학교에 입학하던 때였다.

관리실 앞에 이르자 밖에 테라와 타베스, 연구원들이 미리 나와 있었다. 테라는 목선이 훤히 드러나는 연보랏빛 드레스를 입고 있었다. 까만 피부에 금가루를 뿌렸는지 살결이 반짝였다. 마치 검은 진주로 빚어 놓은 조각품 같았다.

"어머니, 아름다우세요!"

"고맙구나, 시오. 특별히 신경 썼단다."

"테라 님, 방금 수장님의 수행 비서로부터 연락이 왔습니다. 곧 도착하신다는 내용입니다."

"알았어요. 모두 이동하죠."

테라가 앞서 걸었다. 시오는 테라의 뒤를 따르는 타베스 곁으로 다가가 인사를 건넸다.

"안녕하세요, 아저씨?"

"그래, 시오. 잘 지냈니?"

"예, 아저씨."

타베스는 걸음을 빨리해서 테라 옆에 섰다. 시오는 타베스의 뒷

모습을 보며 잠깐 포르를 떠올렸다.

　모두가 중앙문 앞에 도착했다. 소식을 전해 들은 많은 엘리시안이 수장을 보기 위해 모여들었다. 잠시 뒤 수장만의 특별한 차량이 중앙문을 통과했다. 이음새 없이 날렵한 곡선으로 이어진 차체는 세련미를 풍겼다. 시오는 차 문을 뚫어져라 보며 긴장된 마음을 다독였다. 수장의 다리가 먼저 땅에 닿았고 곧 그의 전신이 드러났다. 그는 태양, 달, 물, 불 공기를 상징하는 문양이 금색 실로 수놓아진 흰옷을 입고 있었다. 몸에서 광채가 흘러나오는 듯했다. 모두 숨을 죽였다. 수행원들이 흐트러짐 없이 수장을 경호했다.

　수장은 엘리시온 최고의 물질인 인간 유전 물질 소유자다. 금빛 머리카락, 하얀 얼굴, 초록 눈동자, 미소를 머금은 온유한 표정에서 신비로움이 느껴졌다. 이십 대 초반 지구인에 가까운 외모는 실제 나이를 가늠하기 어렵게 했다. 수장은 외모뿐 아니라 몸 구석구석의 세포 하나까지도 완벽에 가까웠다. 물질이 화폐처럼 유통되는 엘리시온에서 수장은 단연코 최고위 계급이었다. 엘리시안은 모두 수장으로부터 인간 유전 물질을 일정 분량씩 충전받으며 삶을 이어 갔다.

　충전의 양과 빈도는 계급에 따라 정해졌다. 특히 1~2계급에 속하는 물질 소유자들은 정기적인 유전 물질 충전으로 언제나 젊고 생기가 넘쳤다. 원래 인간의 유전자 염색체 끝에는 텔로미어가 달려 있는데, 나이가 들면 그 텔로미어의 길이가 짧아져 노화가 진행된다. 그러나 엘리시안은 텔로미어 재생 기술을 개발한 덕분에 유전 물질 충전을 정기적으로 받기만 하면 변함없는 젊음을 유지할 수 있었다. 시오는 주변에 있는 엘리시안들을 힐끔거렸다. 외모만으로도 물질 소유자인지 일반 연구직인지 구별이 가능했다.

테라는 티 나지 않게 옷매무새를 다듬은 뒤 수장 앞으로 나섰다.

"존경하는 수장님, 테라의 숲에 방문해 주셔서 진심으로 감사드립니다."

테라와 시오는 동시에 엎드려 수장에게 경배를 올렸다. 다른 엘리시안들도 수장을 향해 엎드렸다.

"일어나시오."

수장의 말에 테라와 시오를 비롯한 모든 이가 몸을 일으켰다. 수장은 시오를 물끄러미 바라보았다. 남색 상하의에 기숙 학교 학생임을 상징하는 망토 차림이었다.

"테라의 아들인가?"

"예, 라돈과 저의 아들입니다."

테라가 대답했다.

"라돈? 라돈이라면……."

"우라늄 물질 소유자입니다."

"그래, 라돈은 지구로 물질 탐사를 떠났지? 오늘 돌아오지 않나?"

"네, 그렇습니다."

테라의 대답에 수장이 보일 듯 말 듯 미소를 지었다.

"네 소개를 직접 해 보아라."

수장이 시오를 보고 말했다.

"올해로 열입곱 살, 기숙 학교 사 년 차인 시오입니다."

수장은 흡족한 듯 고개를 끄덕이더니 입을 열었다.

"이번에 지구로 첫 물질 탐사를 나가나?"

"테스트 결과가 나와야 알 수 있습니다."

"테라와 라돈의 유전자를 이어받았으니 반드시 결과가 좋을 것이다."

"믿어 주시니 감사합니다, 수장님."

시오는 다시 한 번 고개를 숙여 예의를 다했다. 수장은 주변에 있는 엘리시안들을 둘러보았다.

"나 때문에 숲의 축제를 제대로 즐기지 못하는구나. 테라, 자네가 나를 안내해 주게. 그래야 모두들 자유롭게 구경할 수 있을 것 같으니."

"알겠습니다, 수장님."

테라는 타베스를 향해 눈짓을 보냈다. 타베스는 수장과 테라를 위한 안내 차량을 대기시켰다. 수장과 테라, 타베스는 그 차량으로 옮겨 탄 뒤 숲 속으로 들어갔다. 시오는 그들이 작아져 보이지 않을 때까지 꼼짝 않고 서 있었다.

"시오!"

시오는 자신을 부르는 목소리에 고개를 돌렸다. 기숙 학교 남자 동기인 카르와 디온이 있었다. 디온 옆에는 여자아이 세 명도 있었다. 시오의 눈길은 가운데 있는 몰리스에게 닿았다. 몰리스는 공기 물질 소유자의 딸이다. 시오는 테라의 말을 떠올렸다.

'시오, 너도 알다시피 공기 물질은 숲에서 나오는 산소와 밀접한 관계가 있단다. 네가 몰리스와 가까워져서 가정을 꾸렸으면 좋겠구나.'

시오는 몰리스를 뚫어져라 보았다. 갈색 머리카락과 눈동자, 하얀색 시폰 드레스 사이로 언뜻언뜻 드러나는 황금빛 살결의 팔과 다리……. 몰리스는 마치 입체 종이 인형처럼 튀어나와 보였다. 양옆에 있는 여자아이들과 비교해 봐도 외모가 월등했다. 시오는 카르를 끌고 아이들에게서 조금 떨어져 나왔다.

"어떻게 된 거야?"

"오늘은 여자애들과 만날 수 있는 특별한 날이라고. 이런 기회를 놓칠 수 없잖아. 입구에서 우연히 만나서 함께 숲을 돌아보자고 했어. 네 이름을 꺼냈더니 몰리스가 흔쾌히 좋다고 하던데?"

카르는 양쪽 어깨에 힘을 주고 말했다. 시오와 카르는 아이들 곁으로 돌아왔다.

"시오, 우리에게 숲을 안내해 줄래?"

몰리스가 미소를 띠며 물었다.

"좋아, 트램을 타자."

시오는 대답과 동시에 몰리스와 트램 쪽으로 향했다. 트램을 타면 숲을 편하게 둘러볼 수 있었다.

아이들은 모두 몰리스를 뒤따랐다. 아이들 사이에도 보이지 않는 권력의 힘이 작용했다. 공기 물질 소유자의 딸인 몰리스의 뜻을 거스르기는 쉽지 않았다.

트램은 테라의 숲에서 가장 넓은 포플러 지대부터 돌았다.

"포플러가 엘리시온 에너지 70퍼센트를 생산하는 중요한 에너지원이라는 거 알지? 여기 흙은 지구의 흙과 거의 흡사하대. 이게 다 내 친구 시오의 어머니가 이뤄 낸 성과지. 대단하지 않니?"

디온이 아이들의 얼굴을 보고 젠체하며 말했다.

"그래, 시오. 우리한테 숲에 관해 이야기 좀 들려줘."

몰리스가 말을 건네자 시오가 입을 열었다.

"이 숲에는 지구에서 자라는 것과 똑같은 수목이 자라고 있어. 북쪽에는 냉대 기후의 침엽수가, 남쪽에는 열대 식물이, 중간 지대에는 온대 기후의 초목과 꽃이 펼쳐져 있지."

"저 사람들은 뭐 하는 거야?"

몰리스가 은색 작업복을 입은 이들을 가리켰다.

"숲 관리자들이야. 매일 하루에 세 번 흙을 채취해서 미생물 번식 농도를 측정해. 유전자 변형을 일으키는 미생물의 출현을 막기 위해서야."

한 시간여를 달리자 열대 우림이 나타났다. 아이들은 갑자기 달라진 풍경을 찬찬히 둘러보았다. 야자나무, 바나나, 파파야 등 이곳의 식물들은 줄기도 우람하고 잎도 컸다. 커다란 이파리가 하늘을 가려 그늘이 졌다.

몰리스는 창문을 활짝 열었다. 몰리스의 머리카락이 휘날렸다. 시오는 몰리스의 모습을 자세히 살폈다. 도톰한 귓불, 긴 속눈썹, 그윽한 미소. 어느 하나 부족한 부분이 없었다. 시오는 몰리스와의 미래를 상상했다. 공기와 숲의 풍요로운 물질세계. 미래가 든든하고 밝을 듯했다.

"여기서 내리고 싶어. 나랑 같이 다닐 사람 있니?"

아이들의 시선이 모두 몰리스에게 향했다.

"우린 좀 더 갈게. 시오, 네가 몰리스와 여기서 내리는 게 좋겠다."

눈치 빠른 카르의 의견에 다들 동의했다. 트램이 정거장에서 멈춰 서자 시오가 먼저 내려 몰리스에게 손을 내밀었다. 몰리스는 한 손으로 시오의 손을 잡고 다른 손으로는 긴 드레스 자락을 쥔 채 조심스레 계단을 디뎠다. 시오와 몰리스가 내리고 나자 트램이 다시 출발했다.

"천천히 걸을까?"

시오의 제안에 몰리스는 고개를 끄덕였다.

"테라의 숲, 정말 대단해. 중앙문도 멋지던걸?"

몰리스는 걸음을 내디디며 시오를 보았다.

"오늘은 확장 기념 개장식이니까."

그때 멀리서 포르가 혼자 숲 속으로 걸어 들어가는 것이 보였다.

'어딜 가는 거지?'

시오는 멀어져 가는 포르를 보며 생각에 잠겼다. 몰리스가 시오의 눈길을 좇더니 입을 열었다.

"어, 포르 아니야? 아버지가 예전에 흙의 소유자였던."

"응, 맞아."

"그런데 시오, 어떻게 네 어머니가 숲의 소유자가 된 거니? 자세히 알고 싶어."

시오는 생각을 더듬다가 말을 시작했다.

"그러니까, 테라의 숲이 완성되기 전에 어머니는 나무 소유자였고 포르의 아버지인 타베스 아저씨가 흙의 소유자였어. 숲을 만들려면 흙이 필요했기 때문에 어머니는 일정 분량의 유전 물질을 타베스 아저씨에게 지급해야 했지. 그런데 이십여 년의 연구 끝에 어머니가 모든 종자 나무가 자라는 새로운 흙을 개발한 거야. 그 덕에 어머니는 완전한 숲의 소유자가 되었고, 오르도 지역의 흙도 전부 어머니가 개발한 것으로 바뀌었어. 원래 흙의 소유자였던 타베스 아저씨의 입지는 점점 작아졌고 사 년 전 흙 물질 소유자 자격을 박탈당해 지금은 어머니 밑에서 수석 연구원으로 계셔. 계급이 내려간 만큼 타베스 아저씨와 포르가 충전받는 인간 유전 물질의 등급도 하락했고."

"그렇구나. 뭐, 어쩔 수 없는 일이겠네. 어, 저 꽃은 뭐니?"

몰리스는 붉은 꽃이 피어 있는 쪽으로 걸음을 옮겼다. 시오는 흐 뭇한 미소를 지으며 몰리스를 쫓았다. 숲 곳곳에 설치된 검색대를 이용하면 주변 나무와 꽃에 대한 정보를 알아볼 수 있었다. 몰리스 와 시오는 마음에 드는 꽃을 일일이 찾아보며 시간을 보냈다.

그런데 갑자기 비상 사이렌이 울렸다. 몰리스는 두려운 눈길로 주변을 두리번거렸다. 시오 역시 마찬가지였다. 곳곳에서 우왕좌 왕하는 엘리시안의 소리가 들려왔다.

"숲에 있는 분들께 알립니다. 즉시 지하 벙커로 움직이십시오. 열대 우림 입구 1킬로미터 전방에서 작은 불씨가 발견되었습니다. 소화 중이니 모두 안심하고 침착하게 대피하기 바랍니다."

방송이 끝나자마자 시오는 몰리스에게 소리쳤다.

"근처에 지하 벙커가 있을 거야."

시오는 몰리스를 이끌고 뛰기 시작했다. 트램 정거장 앞에 이르 자 안내자들의 모습이 보였다. 그들은 방독면을 쓰고 봉을 휘두르 며 길잡이를 해 주었다.

"정거장 오른편에 벙커 입구가 있습니다. 모든 벙커는 지하 비 상 통로와 연결되어 있고, 그 통로를 따라가면 오르도로 갈 수 있 으니 어서 이동하십시오."

시오와 몰리스는 안내에 따라 벙커로 들어갔다. 시오는 벽에 붙어 있는 안내 표지판을 보았다. 지하 공간은 방사형으로 설계되어 있어서 100여 미터를 더 가면 통로들이 모이는 광장이 있고, 그곳에서 초고속 엘리베이터를 타고 지상으로 이동할 수 있었다. 시오는 몰리스를 보았다. 얼굴에 지친 기색이 엿보였다.

"조금만 가면 돼."

몰리스는 시오를 향해 애써 웃음을 지어 보였다. 좁은 통로를 지나 어느덧 둘은 광장에 이르렀다. 발 디딜 틈 없이 빽빽하게 엘리시안이 차 있었다. 이런 상황에서 치렁치렁한 드레스와 뻣뻣한 양복은 움직임을 둔하게 했기에 여기저기서 한숨 소리와 불만이 터져 나왔다.

"모두 질서를 지켜 주시기 바랍니다. 침착하게 행동하십시오."

남색 제복을 입은 정찰대원들의 목소리가 곳곳에서 들려왔다.

엘리시안들은 지루함과 불안감을 달래 보려고 불이 난 원인을 추측해 나갔다. 시오도 그들의 이야기에 귀를 기울였다.

"유전 물질 결핍자들이 이곳까지 땅굴을 파고 와서 불을 낸 게 아닐까요?"

누군가 작은 소리로 말했다.

"설마요."

엘리시안들이 웅성거렸다.

"조용히 하십시오."

정찰대원이 일침을 가하자 모두 동시에 입을 다물었다.

18

'유전 물질 결핍자? 그들이 누구지? 공장 지대 노동자들을 말하는 건가?'

시오는 어릴 때부터 공장 지대와 노동자들에 관한 이야기를 들어 왔다. 공장 지대는 오르도에서 2,000킬로미터 떨어진 곳, 지하 세계에 세워져 있었다. 숲, 공기, 물과 같은 환경의 핵심 물질들은 물질 소유자들이 아토무스에 연구실을 두고 연구했지만, 그 물질들을 대량 생산하고 그걸 원료로 삼아 생활에 필요한 여러 공산품을 만드는 일은 공장 지대의 노동자들이 담당했다. 공장 지대를 오르도와 상당히 떨어진 곳의 지하 세계에 둔 이유는 오염 물질 때문이었다. 인간 유전 물질을 수시로 충전받아야 하는 엘리시안들은 오염 물질로 인해 유전자 변형이 일어나는 상황을 가장 두려워했다. 시오도 출입이 제한된 공장 지대에 실제로 가 본 적은 없었다. 노동자들이 어떻게 사는지는 구체적으로 알려져 있지 않았다.

시오가 생각에 잠긴 사이 점차 질서가 잡히면서 혼잡이 잦아들었다.

"숲 관리실에서 알립니다. 화재는 완전히 진압되었습니다. 모두 안심하십시오. 오늘 여러분이 낸 유전 물질은 환불해 드릴 것입니다."

방송에서 테라의 목소리가 흘러나왔다. 시오는 화재가 진압되어 다행이라고 여겼지만 이대로 돌아갈 수는 없었다. 어떻게 된 상황인지 알고 싶었다.

"몰리스, 아무래도 난 어머니에게 들렀다 가야겠어. 여기서 헤어져도 괜찮겠지?"

"물론이야."

시오는 몰리스의 대답을 듣고도 완전히 마음이 놓이지 않았다. 멀리 있는 정찰대원을 손짓으로 불렀다.

"무슨 일이십니까?"

"이분은 공기 물질 소유자님의 딸입니다. 안전하게 기숙 학교로 데려다주십시오."

"알겠습니다."

시오는 몰리스에게 안심하고 잘 돌아가라는 인사의 말도 잊지 않았다. 몰리스가 정찰대원과 함께 트램에 올라탄 것을 확인하고 지하 벙커를 통해 숲 관리실로 향했다.

관리실은 두 층으로 구성되어 있었다. 1층에는 감시 카메라를 통해 숲 전체를 볼 수 있는 통제실이 있었다. 2층에는 종자 보관실과 테라의 거처가 있었다. 시오는 곧장 1층으로 들어갔다. 사면의 벽에 수백 개의 화면이 붙어 있고 관리자들은 실시간으로 숲 곳곳을 관찰했다. 모든 연구원이 촬영된 화면을 되돌려 보며 화재의 원인을 찾고 있었다. 테라는 타베스와 함께 열대 우림 지역의 화면 앞에 서 있었다. 시오는 방해하고 싶지 않아 그들에게서 조금 떨어져 화면을 지켜보았다.

화면에 타다 만 식물과 군데군데 흩어져 있는 잿더미들이 비쳤다. 검게 그을린 바나나 줄기가 눈에 들어왔다. 시오는 그 모습을 보자 어린 시절이 생각났다. 파초 과에 속하는 바나나는 잎이 커서 숨을 곳이 많았다. 시오와 포르는 종종 숨바꼭질을 하거나 줄기에 몰래 비밀 문양과 글자를 새기며 놀았다. 그 기억이 아직도 생생했다.

'왜 하필 저곳에 불이 났을까……'

시오는 찜찜한 기분이 들었다.

"불이 나기 전 녹화된 화면을 틀어 보세요."

테라가 명령조로 말을 뱉자 타베스가 즉시 화면을 돌렸다. 시오는 숨을 죽이며 화면을 보았다.

커다란 잎 뒤쪽에 누군가 있었다. 검은 옷에 모자를 쓴 채 등을 돌리고 있어 얼굴은 정확히 보이지 않았다. 화면 속의 그가 두리번거렸다. 짧은 순간 시오는 피부가 하얀 옆얼굴을 보았다.

"그만!"

테라가 화면을 껐다.

"다들 나가세요. 내가 직접 자세히 볼 테니."

연구원들과 타베스가 몸을 틀었다. 타베스와 시오의 시선이 마주쳤다.

"시오……"

타베스의 목소리에 테라가 고개를 돌렸다. 테라는 시오를 보자 당황한 표정을 지었다. 그러고는 깊은 한숨을 쉬며 목을 감싸 쥐었다. 시오는 달라진 테라의 얼굴을 보자 걱정이 앞섰다. 젊고 생기 넘치던 모습은 사라지고, 십 년 정도 늙은 듯한 얼굴이었다.

"어머니……."

시오가 조심스레 입을 열자 테라가 고개를 들었다.

"오르도로 가지 않고 여긴 왜 온 거니?"

테라는 딱딱하게 물었다.

"걱정이 돼서요. 불은 잘 진화된 거죠?"

"그래, 크게 번지지 않아서 다행이지. 지금 원인을 찾고 있단다."

"어머니, 어떤 엘리시안들이 불을 낸 게 유전 물질 결핍자라던데 사실인가요? 그들은 도대체 누구죠?"

시오는 주워들은 이야기를 무심코 털어놓았다.

"누가 그런 말을 하던?"

테라가 섬뜩한 눈빛으로 시오를 보았다. 그 눈빛은 어디서 감히 네가 나서느냐는 무언의 압력처럼 느껴졌다. 시오는 당황하여 주춤거리다가 이야기를 다른 방향으로 돌렸다.

"아, 아니, 그냥 지나가다 들었어요……. 수장님은요?"

"한참 전에 중앙 물질실 아토무스로 가셨다. 그나마 다행이야, 그 뒤에 일이 터져서. 오늘 네 아버지가 지구에서 돌아오는 날이잖니. 물질 심사가 있어서 서둘러 가신 것 같구나."

22

그때 삐 하고 통신음이 울리며 관리자의 목소리가 들려왔다.

"불이 난 장소에서 이상 물질이 발견되었습니다."

테라는 흠칫 놀라며 화면 쪽으로 몸을 돌렸다.

"물질을 채취한 뒤 바로 아토무스에 있는 분석실로 가져오세요. 시오, 난 아토무스로 가야 한다. 넌 기숙 학교에 가기 전에 유전 물질 충전소부터 들러 몸을 체크해 보렴. 스트레스로 부작용이 일어났을지도 모르니까."

"알았어요. 어머니도 유전 물질 충전을 받으셔야죠."

"이미 휴대용 충전기를 착용했단다. 조금 있으면 괜찮아질 거야. 아, 지상에 있는 문은 모두 폐쇄되었으니 지하 통로로 이동해야 한다, 알았지?"

"네."

테라는 시오의 어깨를 다독이고는 타베스를 불렀다. 화면을 살펴보고 있던 타베스가 테라 옆으로 다가왔다. 시오는 타베스의 얼굴을 살폈다. 유난히 근심이 가득해 보였다.

"타베스, 어서 가죠."

"네."

테라와 타베스가 먼저 밖으로 나갔다.

시오는 벙커 입구에 이르렀다. 벙커 안으로 들어가기 전 숲을 둘러보았다. 숲은 아무 일도 없었다는 듯이 고요했다. 조금 전 화면에서 스치듯 지나간 옆모습이 떠올랐다. 분명 엘리시안의 하얀 얼굴이었다.

'아냐, 잘못 봤겠지. 어쨌든 어머니가 알아서 하실 일이야.'

시오는 머리를 흔들며 생각을 지웠다. 하늘에서 웅 하는 소리가 들려왔다. 시오는 고개를 들었다. 지구에서 물질 탐사를 마치고 돌아온 우주선이 하늘을 가르며 하강하고 있었다.

2

　우주선은 중앙 물질실 아토무스 부근에 자리한 우주 정거장에 안착했다. 문이 열리자 라돈이 가장 먼저 나왔고 그 뒤를 탐사대원 십여 명이 뒤따랐다.

　라돈과 탐사대원들은 우선 살균실로 들어갔다. 살균실은 지구로 물질 탐사를 다녀온 엘리시안들이 가장 먼저 들러야 하는 곳으로 탐사 중 흡수되었을지 모를 미생물과 바이러스를 소독, 박멸했다. 몇 해 전 지구에서 돌아와 살균실에 들르지 않은 탐사대원 한 명 때문에 바이러스가 퍼져 엘리시안 수십 명이 유전 물질 결핍증을 앓았다. 물론 급속 유전 물질 충전으로 마무리되었지만 바이러스를 유포한 엘리시안은 물질 소유자 자격을 박탈당했다. 그 사건

이후 탐사대원들은 철저하게 규칙을 지켜 왔다.

그들은 살균을 마친 뒤 무빙워크를 타고 곧장 아토무스로 이동했다. 라돈은 깊이 심호흡을 한 뒤 아토무스의 웅장한 모습을 바라보았다. 아토무스는 엘리시온 행성을 이루는 모든 물질을 총괄 관리하는 곳이다. 그 외형은 지구의 고대 피라미드 건축물을 닮았다. 1층에는 물질 전시실, 2층에는 물질 심사실이 있고, 3층부터는 각 물질 소유자의 연구실이 층별로 나뉘어 있었다. 수장은 가장 꼭대기에서 생활했고 그곳에 인간 유전 물질 연구소가 따로 있었다.

라돈과 탐사대원들은 모두 2층에 위치한 물질 심사실로 올라갔다. 물질 심사실은 원형의 공간이었다. 심사를 받는 이들이 가운데 자리했고 수장과 다른 물질 소유자들은 둥글게 앉아 심사를 진행했다. 라돈과 탐사대원들이 물질 심사실에 들어섰을 때는 수장을 제외하고 모두 제자리에 앉아 있었다.

"오늘 테라의 숲에서 일어난 불미스러운 일로 심사가 예정보다 늦게 시작될 것입니다. 조용히 수장님을 기다려 주시기 바랍니다."

심사단장의 말에 모두가 침묵을 지켰다. 라돈은 테라의 지정석을 보았다. '불참'이라는 팻말이 놓여 있었다.

라돈은 양손을 허벅지 위에 가지런히 올려놓았다. 손가락으로 허벅지를 꾹꾹 누르며 초조함과 지루함을 달랬다. 그는 자신이 소유한 물질, 우라늄에 대한 생각에 집중했다. 자연스럽게 지난날이 떠올랐다.

라돈의 어머니가 지구로 탐사를 나간 것은 지구 시간으로 1917년경이었다. 하지만 어머니는 엘리시온으로 돌아오지 않았고, 그 일로 배신자라는 낙인이 찍혔다. 당시 어머니로부터 독립하지 않은 상태였던 라돈은 지구 탐사를 가지 못하고 연구원이 되었다. 피나는 노력 끝에 사 년 뒤 수석 연구원으로 승급한 후에야 물질 탐사 시험에 통과해 지구로 갈 수 있었다. 라돈은 지구에서 천연 우라늄을 발견했고, 우라늄 광석 피치블렌드를 엘리시온으로 가져왔다. 그리고 오 년 뒤 광석을 엘리시온에 맞게 정착시키며 마침내 우라늄 물질 소유자가 되었다.

그 무렵 에너지원으로 가장 많이 쓰이고 있던 것은 석탄이었다. 하지만 수장은 작은 공만 한 크기의 우라늄에서 같은 무게의 석탄 삼백만 배에 해당하는 에너지를 얻을 수 있다는 것에 큰 관심을 기울였다. 그러나 안정된 물질세계를 추구하는 엘리시온에서 핵발전의 위험은 크나큰 걸림돌이었다. 라돈은 위험성이 없는 신우라늄 물질을 개발하려 노력했으나 연구는 제자리였다. 시간이 지날수록 라돈의 절망감은 점점 깊어 갔다. 그래도 그는 포기하지 않았다. 반드시 우라늄의 장점만을 지닌 신물질을 만들어 내리라 다짐했다. 그러던 어느 날, 밤을 지새우던 라돈의 연구실로 테라가 찾아왔다.

"테라, 당신이 이 시간에 웬일이지?"

"바로 이야기할게. 당신과 결혼을 하고 싶어."

"뭐?"

라돈은 당황스러웠다. 그 당시 테라는 급격히 고갈 중이던 석탄을 대신할 대체 에너지 개발에 열을 올리며 행성에서 가장 주목받는 물질 소유자로 떠오르고 있었다. 그런 그녀가 자신에게 결혼을 제안한 것이 믿기지 않았다.

"왜 나와 가정을 만들고 싶은 거지?"

"당신이 가지고 있는 유전자가 마음에 들어."

"내 유전자? 난 아직 신우라늄 물질을 개발하지 못했어. 게다가 배신자의 아들이기도 하지. 이런 내 유전자가 좋다고?"

"그건 상관없어. 난 성공을 위한 열정과 야망을 2세에게 물려주고 싶을 뿐이야."

테라의 결심은 확고해 보였다. 라돈은 그녀의 제안을 받아들이지 않을 이유가 없었다.

결혼 후 테라는 토양과 포플러 개발로 강력한 물질 소유자로 부상했고 석탄의 시대는 끝이 났다. 하지만 엘리시온에서 숲을 가꾸고 유지하려면 아무래도 막대한 비용이 들었다. 수장은 라돈이 소유한 우라늄에 대한 기대를 저버리지 않았다. 라돈이 물질 공장을 갖고 있지 못해도 물질 소유자로서 인정받아 온 것은 그 때문이었다. 그러나 1986년 지구의 체르노빌 원자력 발전소에서 폭발 사고가 발생하고 2011년 일본 후쿠시마에서 방사능 누출 사고가 일어나면서 라돈의 불안은 점점 커졌다. 라돈은 마음을 다잡고 새로운 대안을 찾으려 했다.

상념에서 벗어난 라돈은 수장의 빈자리로 시선을 옮겼다. 기다림에 지친 물질 소유자들이 조금씩 웅성거리기 시작했다. 심사단장이 수장의 수행 비서에게 연락을 취했다.

"수장님은 영혼실에 계십니다. 그 안에 계실 때는 누구도 연락할 수 없다는 것을 알고 계시지 않습니까. 좀 더 기다리라고 하십시오."

수행 비서는 딱딱하게 말하고 통신기를 끊었다.

수장은 소파에 깊숙이 몸을 파묻고 앉아 있었다. 영혼실 안에는 그가 만든 세상인 엘리시온 행성의 오르도 지역이 축소판 모형으로 만들어져 있었다. 그는 현재 자신이 있는 아토무스의 모형에서 눈을 떼지 않았다. 아토무스를 피라미드 형태로 지은 것은 순전히 영혼실 때문이었다.

지구의 이집트 피라미드에는 영혼이 환생 과정에서 거치는 여정을 알려 주는 부분이 있었다. 고대 이집트인들은 죽음을 맞이한 파라오의 영혼이 하늘의 별이 되어 오리온자리에 합류한다고 믿었다. 이에 왕의 방으로부터 피라미드 외벽까지 두 개의 환기갱을 뚫었는데 그중 하나의 환기갱이 오리온자리를 향하게 되어 있었다. 즉 이 환기갱은 피라미드에 매장된 파라오의 영혼이 하늘의 안

식처를 향해 편안히 여행할 수 있도록, 그럼으로써 밤하늘의 영원한 존재가 될 수 있도록 돕기 위한 것이었다. 수장은 이를 본떠 자신의 영혼실 역시 그와 같은 구조로 만들었다.

수장은 이윽고 소파에서 몸을 일으켜 영혼실에서 걸어 나왔다. 수행 비서가 조용히 곁으로 다가왔다.

"이제 내려가셔야 합니다. 물질 소유자들이 다들 기다리고 있습니다."

"알았네."

수장은 평온한 미소를 지으며 인자한 목소리로 말했다.

수장이 물질 심사실로 들어오자 물질 소유자들이 모두 자리에서 일어났다. 수장이 자리에 앉고 나서야 나머지 이들도 착석했다. 라돈은 긴장한 눈빛으로 수장에게 목례를 했다.

"라돈, 지구 방문에 대해 보고하시오."

라돈은 자리에서 일어났다.

"우리 탐사대원들은 우라늄을 안전한 물질로 대체할 방안에 몰두했으나 안타깝게도 결실을 맺지는 못했습니다."

여기저기서 탄식이 새어 나왔다. 라돈은 마음을 다잡고 말을 이어 나갔다.

"그 대신 대안이 있습니다. 원자력 발전소를 다른 물질 공장과 차별화해 운영하려고 합니다. 기존에 있던 물질 공장 지대에서 상당히 거리가 먼 곳에 건설할 것이고 확실한 방어벽을 구축할 것입니다. 만약 이상이 생길 시 제가 모든 책임을 지겠습니다."

"책임? 그런 것 말고 구체적인 운행 방안을 말하시오."

수장의 음성이 딱딱해졌다. 라돈은 목소리를 가다듬었다.

"유전 물질 결핍자들을 이용할 예정입니다."

라돈의 말에 심사실 안이 웅성거리기 시작했다.

"유전 물질 결핍자라니? 그들을 어떻게 이용하겠다는 건가?"

수장이 의아한 목소리로 되물었다. 라돈은 결연한 눈빛으로 수장과 물질 소유자들을 둘러보았다.

"물질 결핍자들은 현재 우리 행성의 질서를 망가뜨리고 있습니다. 그들은 공장 지대 주변의 땅굴에 숨어 살며 공장 지대의 질서와 안전을 해치고 있습니다. 저는 그들을 원자력 발전소의 노동력으로 이용하고 싶습니다. 그들에게는 노동에 걸맞은 최소한의 유전 물질만 충전해 주면 되고, 이렇게 원자력 발전소를 가동하면 포플러를 연료화하는 것보다 비용을 훨씬 절감할 수 있습니다. 다시 인간을 닮은 엘리시안이 되게 해 준다고 하면 땅굴 속에 숨어 지내던 물질 결핍자들이 구름처럼 모여들 것입니다."

물질 소유자들은 서로 의견을 주고받았다. 수장은 한참 동안 침묵을 지켰다. 모두 그의 판단을 기다렸다.

"라돈의 의견 잘 들었다. 오늘 테라의 숲에서 불미스럽게도 화재 사건이 발생했다. 다시는 이런 일이 생겨서는 안 되지만 만약 테라의 숲에 큰불이라도 나면 포플러는 순식간에 잿더미가 될 테고, 에너지 부족으로 우리가 지켜 온 엘리시온 행성의 질서도 무너지고 말 것이다. 나는 원자력 발전소가 긍정적인 대안이 될 수 있지 않을까 오랫동안 지켜봐 왔다. 이 부분은 좀 더 고민해 본 뒤에 결정을 내리도록 하겠다."

수장이 자리에서 일어나 심사실을 빠져나갔다. 물질 소유자들도 차례로 일어났다. 라돈은 긴장이 풀린 듯 한숨을 쉬었다.

"이번에는 결과가 좋을 것 같습니다."

수석 연구원이 라돈에게 웃으며 말했다.

"두고 봐야지. 어떤 상황에서도 방심은 금물이야. 모두들 수고했네. 며칠 동안은 아무 생각 없이 푹 쉬라고."

라돈은 연구원들에게 말하고 먼저 물질 심사실을 나왔다. 그러고는 6층에 있는 자기 연구실로 올라가 테라에게 통신을 보냈다.

"라돈!"

화면에 테라의 얼굴이 나타났다. 표정이 심상치 않아 보였다. 라돈은 고개를 끄덕였다.

"소식 들었어."

테라는 오늘 숲에서 일어난 일들을 대략 이야기했다. 라돈은 담담히 테라의 이야기를 듣고는 일이 잘 처리되어 다행이라고 말했다. 문득 시오의 안부가 궁금했다.

"시오는 어디에 있지?"

"기숙 학교 근처 유전 물질 충전소에 있을 거야."

라돈은 테라와 통신을 끊고 오르도에 위치한 여러 유전 물질 충전소에 연락을 취해 시오의 위치를 파악했다.

3

　시오는 트램 안에서 창밖을 건너다보았다. 멀리 있는 아토무스와 우주 정거장에서 시작해 주택가를 훑고는 오르도 중심에 있는 기숙 학교로 시선을 옮겼다. 시오는 기숙 학교에서 가장 가까운 충전소 앞에 내렸다. 오르도 곳곳에 설치된 충전소는 엘리시안의 개인 유전자 정보를 파일로 저장, 공유하고 있기 때문에 어디서 충전을 받든 상관없었다.

　화재 때문인지 충전소 안에 엘리시안이 가득 차 있었다. 시오는 안내대 앞에 서서 손목에 있는 바코드를 댔다. 안내자가 정보를 살피는 동안 시오는 유전 물질 충전 등급 표를 보았다.

유전 물질 충전 등급 표

- **특급** 수장
- **1급** 물, 불, 공기, 숲 등 핵심 물질 소유자와 그 자녀
- **2급** 기타 물질 소유자와 그 자녀
- **3급** 수석 연구원
- **4급** 연구원
- **5급** 오르도 1급 노동자
- **6급** 오르도 2급 노동자, 물질 공장 지대 관리자
- **7급** 오르도 기타 노동자
- **8급** 물질 공장 지대 노동자와 사냥꾼

"시오 님, 물질 소유자 가족은 오른편 복도 끝에 있는 특별실에서 충전을 받으실 수 있습니다."

안내자는 친절하게 응대했다.

"오래 기다려야 하나요?"

"대기 인원이 없으니 바로 하실 수 있습니다."

시오는 복도를 지나 특별실 문을 열고 안으로 들어갔다. 또 다른 안내자가 웃으며 반겨 주었다.

"어서 오십시오, 시오 님. 옷을 벗고 충전실로 들어가 주십시오. 안정을 취하고 계시면 이십 분 뒤 충전을 시작하겠습니다."

시오는 옷을 벗고 전신 거울에 비친 자신의 몸을 훑어보았다. 검은색 머리카락, 검은 눈동자. 살결은 아버지의 하얀 피부와 어머니의 검은 피부를 섞은 듯한 색이었다. 오뚝한 콧날, 날렵한 목선, 팔과 가슴과 허벅지에 붙은 적당한 근육, 적절히 오른 터럭. 완벽한 인간의 몸이었다. 시오는 인간의 몸은 언제 보아도 아름답다고 생각했다. 특히 여성의 몸이 그러했다. 순간 시오의 눈앞에 하얀 드레스 속에 가려진 몰리스의 몸이 그려졌다. 깊게 파인 쇄골과 동그란 어깨, 잘록한 허리, 그리고…… 부드럽게 이어진 선을 생각하자 아랫도리가 묵직해져 왔다.

'남성 호르몬이 증가하고 있어. 진짜 남자가 되고 있는 거지.'

시오는 자신의 배를 내려다보았다. 엘리시안이 인간과 다른 한 가지는 배꼽이 없다는 것이다. 그 자리에 손톱 크기만 한 유전 물질 흡수 칩이 있었다. 시오는 칩을 살며시 어루만졌다.

"들어가겠습니다."

안내자의 목소리에 시오는 준비되어 있는 가리개로 아랫도리를 감쌌다. 안내자는 유전 물질 충전기를 점검했다.

"특별실에 있는 충전기는 빠른 시간 안에 세포 하나까지 최고의 상태로 재생시키는 최신 버전입니다. 누우십시오."

기계를 점검한 안내자가 뒤를 돌아 말했다. 시오는 기계 위에 올라가 눈을 감았다. 안내자는 시오의 배에 있는 칩에 충전 선을 연결했다. 시오의 신체 정보가 천장에 있는 화면에 나타났다.

"현재 신장 178센티미터, 몸무게 65킬로그램입니다. 체지방과 근육이 적절하게 분포되어 있습니다. 유전자 변형 여부를 확인하겠습니다."

천장 화면에 파란불이 켜졌다.

"현재 상태 양호합니다. 충전을 원하십니까?"

"예, 완벽하게 충전해 주세요."

시오는 눈을 감으며 말했다.

"시작하겠습니다. 천천히 열까지 숫자를 세십시오. 유전 물질이 칩을 통해 몸으로 흡수될 것입니다. 충전은 십오 분 정도 소요됩니다."

안내자가 버튼을 눌렀다. 시오는 어지러웠다. 유전 물질을 흡수할 때 나타나는 증상은 참기 힘들었다. 몸이 산산조각 나는 것 같은 고통 때문에 마치 온몸이 해체되었다가 다시 조립되는 듯한 느낌이 들었다. 하지만 충전이 완료되고 나면 한결 몸이 가벼워지고 머리도 맑아졌다.

시오는 충전을 마치고 복도로 나왔다. 충전 확인 서명을 하려는 참이었다.

"충전 중에 라돈 님에게서 연락이 왔습니다."

"아버지가요?"

"네, 빙하 체험 지대에서 만나자는 메모를 남기셨습니다. 여기 확인 서명 부탁드립니다."

안내자가 화면을 가리켰다. 시오는 손목에 있는 바코드를 화면에 댔다.

시오는 트램을 타고 빙하 체험 지대로 향했다. 빙하 체험 지대는 테라의 숲 냉대 지대로부터 20여 킬로미터 떨어진 곳에 있었다. 엘리시온에서 누구에게나 출입이 허가된 유일한 빙하 지대로, 체험 지대라는 이름에 걸맞게 영하 10도 안팎의 추위를 즐길 수 있었다. 엘리시안들은 이곳에서 전동 스키를 타거나 썰매를 지치며 스릴을 즐겼다.

시오는 열다섯 살 때 라돈과 함께 처음 이곳에 왔다. 그 뒤로 라돈은 지구 탐사를 다녀오고 난 뒤면 항상 시오와 함께 이곳에 들러 설원을 달렸다. 시오는 처음 빙하 지대를 보았을 때 느꼈던 놀라움을 잊을 수가 없었다. 사방이 얼음으로 뒤덮여 있어 눈이 부셨지만 고글을 쓰면 안전했다.

"다른 빙하 지대는 영하 100도 이하의 강력한 추위 속에 있단다. 엘리시온의 땅덩어리 중 95퍼센트가 그래. 엘리시온이 아름다운 지구처럼 되려면 아직 멀었지. 하지만 곧 이루어질 거야. 숲이 점차 넓어지면 기후도 변화할 테니. 시오, 넌 엘리시온을 위해서 앞으로 더 열심히 노력해야 한다. 사명감을 가져야 해."

라돈은 단호한 소리로 말했다.

"엘리시온에 다른 생명체는 없는 건가요?"

이곳에 처음 왔을 때 시오가 던진 질문이었다.

"그럼, 모두 얼어 죽었지. 유일하게 우리만이 살아남았단다."

"빙하 체험 지대에 도착했습니다. 내리실 분은 준비하시기 바랍니다."

트램이 정지하자 시오의 지난 기억도 멈추었다. 시오는 트램에서 내린 뒤 체험장 입구에 준비된 방한복으로 갈아입었다. 라돈이 미리 신청해 놓은 출입증을 받아 빙하 체험 지대로 들어갔다.

시오는 방탄유리로 된 통로를 걸었다. 여가를 즐기려는 엘리시안들이 전동 스키를 들고 웃으며 지나갔다. 통로는 500미터 정도 이어지다가 두 방향으로 갈라졌는데 오른쪽은 빙하 경기장이었고 왼쪽은 전시실이었다. 시오는 오른쪽으로 몸을 돌렸다.

"아버지!"

시오는 휴게실에 앉아 있는 라돈을 발견하고는 손을 흔들었다. 라돈의 옆에는 스키 두 개가 나란히 세워져 있었다.

"왔구나."

시오는 라돈에게 지구 탐사는 어땠는지 묻고 싶었지만 애써 참았다. 물어도 라돈은 말할 수 없다. 지구 탐사 과정과 결과는 모두 비밀에 부쳐졌기 때문이다. 결과가 좋다면 곧 공표가 날 것이다.

"그럼 한번 달려 볼까? 체력이 얼마나 좋아졌는지 대결해 보자."

라돈이 시오의 어깨를 두드리고는 앞서 나가자 시오는 그 뒤를 따랐다.

둘은 밖으로 나왔다. 경사진 설원 뒤에 거대한 얼음 암벽이 솟아 있었다. 암벽 타기를 즐기는 엘리시안들이 다닥다닥 붙어 있었다. 곳곳에 전동 스키를 타는 이들이 눈에 띄었다.

라돈과 시오는 나란히 섰다. 시오는 라돈의 옆모습을 곁눈질했다. 라돈은 먼 곳에 시선을 두고 있었다. 시오는 이번에는 꼭 라돈을 이기고 싶었다.

"준비됐니?"

라돈의 물음에 시오는 고개를 끄덕였다. 둘은 얼음 위를 빠른 속도로 지치기 시작했다. 시오는 오로지 라돈을 이기고 싶다는 마음으로 정신없이 달렸다. 라돈과 시오는 앞서거니 뒤서거니 했다. 시오는 조금만 힘을 내면 이길 수 있을지도 모른다고 생각했다. 하지만 종착점이 가까워지자 라돈이 무서운 속도로 치고 나왔다. 시오는 아버지의 뒷모습을 보며 자신의 패배를 인정했다.

"다음번에는 꼭 나를 이기길 바란다."

라돈이 고글을 벗으며 말했다. 시오는 라돈의 입에서 나오는 하얀 입김을 지그시 바라보다가 손을 뻗어 보았다. 분명히 입김은 손으로 만질 수 있는 것이 아니다. 순식간에 공기 중으로 사라지고 만다. 그런데 마치 입김이 손에 잡히는 듯한 느낌이 들었다.

"네, 두고 보세요."

시오는 다짐의 뜻으로 주먹을 쥐어 보였다.

"하하, 그래. 기대하마. 출출한데 뭐라도 먹을까?"

"좋아요."

시오는 휴게실로 가며 자신의 손을 내려다보았다. 조금 전에 받은 이상한 느낌에 대해 생각했다. 처음 빙하 체험 지대에 왔던 날도 그랬다. 그날 시오는 설원을 내려오다 얼음 바위에 부딪쳐 심하게 다치고 말았다. 곧장 체험 지대 안에 있는 유전 물질 충전소로 옮겨졌는데, 시오가 눈을 떴을 때는 라돈이 시오의 손을 꼭 잡은 채 잠들어 있었다. 그날 라돈과 맞잡은 손끝에서 비슷한 느낌을 받았다.

시오와 라돈은 휴게실로 들어와 간단한 음식을 먹고는 약속이라도 한 듯 전시실로 발걸음을 옮겼다. 전시실은 조도가 낮아 평온하고 아늑한 분위기를 풍겼다. 몇몇 엘리시안들이 전시를 관람하고 있었다. 이곳은 시오가 가장 좋아하는 장소다. 시오와 라돈은 전시실을 둘러보며 걷다가 지구인들의 미라 앞에 멈췄다. 이들은 육백여 년 전 지구 남아메리카 대륙의 원주민들이었다.

시오는 미라를 찬찬히 살펴보며 인간의 죽음과 영혼에 대해 생각했다. 인간의 죽음은 끝이 아니라고 했다. 인간은 육체가 사라져도 영혼이 남아 있어 다른 몸을 빌려 다시 태어날 수 있다고, 그러니 영원히 죽지 않는 것과 같은 의미라고 믿는다고 했다. 하지만 엘리시안에게 영혼은 없다. 유전 물질 충전으로 죽음 없는 삶을 지속할 뿐이다.

"아버지, 인간의 영혼은 어떤 원자와 분자 구조로 되어 있을까요?"

시오의 물음에 라돈은 깊은 한숨을 내쉬었다. 시오는 다시 질문을 던졌다.

"예전에는 인간의 영혼 물질을 찾으려는 탐사대원들이 많았다고 들었어요. 지금은 왜 없는 거죠?"

라돈의 얼굴에 불편한 기색이 역력해졌다.

"시오, 왜 영혼 물질에 집착하는 거지? 생각을 바꾸는 게 좋겠다. 영혼 물질 따위를 찾으러 지구 탐사를 가느니 연구원이 되는 것이 낫다. 우린 아직 완벽한 인간이 아니잖아. 0.0001퍼센트의 차이를 해결하면 더 이상 유전 물질을 충전받을 필요가 없는 완벽한 인간이 될 테고, 그러면 저절로 영혼도 얻어질 거다. 앞으로는 다른 행성으로 물질 탐사를 나가는 일도 더 많아질 거야. 우주는 끝이 없으니까."

"하지만 우리 엘리시온은 지구처럼 되고자 하잖아요. 아버지도 지구에 갔다 오셨고요."

"물론이야. 아직 지구만 한 행성을 찾지 못했으니까."

"만약 우리가 완벽한 인간이 된다면 인간의 죽음도 가질 수 있나요?"

시오는 진지하게 물었다.

42

"글쎄, 그럴 수도……."

라돈은 말끝을 흐렸다. 시오는 라돈과 반대로 생각했다. 유전자 차이를 해결해야 영혼이 생기는 게 아니라 인간의 영혼 물질을 소유하면 0.0001퍼센트의 유전자 차이가 극복될지 모른다. 그래서 시오는 인간의 영혼 물질 소유자가 되고 싶었다. 하지만 이런 소망을 입 밖으로 꺼내지는 않았다.

"이번에 첫 물질 탐사는 나갈 수 있을 것 같니?"

라돈이 침묵을 깨고 말을 건넸다.

"이변이 없는 한 가능할 것 같아요. 시험 보는 날 컨디션도 좋았고. 물론 결과가 나와 봐야 알겠지만요."

시오는 며칠 전에 본 시험을 생각했다. 사 년 동안의 기숙 학교 교육이 끝나면 학생들은 자신의 진로를 선택할 수 있다. 진로는 크게 물질 탐사대원과 연구원으로 나뉘었다. 탐사대원이 되기 위해서는 시험을 치러야 했다. 출신 계급과 시험 성적을 고려해 단 열 명만이 최종 선발 인원으로 뽑혔다.

"첫 물질 탐사니까 미국으로 가겠지. 지구에서 가장 영향력 있는 국가니까. 지역은 어디를 선택했지?"

시오는 북반구에 위치한 알래스카를 떠올렸다.

"내일 발표가 나요. 탐사가 확실해지면…… 그때 말씀드릴게요."

"그래, 모레면 너도 집에 오겠구나. 나도 며칠 휴가니까 테라와 함께 기숙 학교로 데리러 가마. 이제 가자."

라돈은 출입구 쪽으로 발길을 돌렸다. 시오는 오른쪽 가슴팍 안 주머니에 손을 넣어 사진 한 장을 꺼냈다. 조각조각을 이어 붙인, 가장자리가 너덜너덜한 사진이었다. 사진 속에는 강렬한 햇볕에 그을린 갈색 얼굴이 있었다. 검은 눈동자, 해맑은 웃음, 엘리시온에서는 볼 수 없는 주름진 얼굴이었다. 사진 속 여자는 시오의 할머니, 일리아였다. 일리아의 얼굴 뒤로 얼음으로 뒤덮인 풍경이 보였다. 일리아는 지구로 물질 탐사를 갔다가 돌아오지 않아 배신자로 낙인찍혔다. 라돈이나 테라는 쉬쉬하는 것 같았지만 시오도 이 이야기를 대강 알고 있었다.

기숙 학교 아이들 사이에서 가장 흥미로운 이야깃거리는 지구에서 돌아오지 않은 엘리시안들이었다. 그들은 지구인들과 섞여 살고 있다고 했다. 시오는 그 말을 수긍할 수 없었다. 엘리시안이 인간의 모습을 유지하기 위해서는 유전 물질 충전이 필요하다. 그런데 지구에 남은 그들이 어떻게, 무슨 방법으로 충전을 할 수 있겠는가.

그 시절 일리아에게 무슨 일이 있었는지 시오는 알지 못했다. 확실한 것은 일리아도 영혼 물질을 찾기 위해 지구로 갔고 그 마지막 여행지가 알래스카라는 것이다. 시오는 이 사실을 알기 위해 엘리시온 인명 자료집을 몇 달간 찾아 읽었다. 거기에 물질 탐사대원들의 이름과 탐사 기간, 탐사 물질에 대한 모든 것이 기록되어 있었다. 시오는 멀어져 가는 라돈의 등을 바라보았다. 조금 전 영혼 이야기를 꺼내자 라돈의 표정이 어두워졌던 게 잊히지 않았다.

'아빠가 영혼 물질 얘기에 예민한 건 할머니 때문일지도 몰라.'

시오는 일리아의 사진을 가슴 안쪽에 집어넣었다.

4

　시오는 기숙 학교 앞에 다다랐다. 높이 솟은 담장 앞을 지키고 있던 경비대원이 시오를 향해 신원 확인기를 내밀었다. 시오는 손목을 댔다. 확인이 끝나자 문이 열렸다.

　문 안에는 푸른 잔디밭이 드넓게 펼쳐져 있었다. 포플러를 비롯한 정원수들이 기숙 학교 건물을 둥글게 감싸는 형세였다. 기숙 학교 아이들은 나무 아래서 책을 읽으며 휴식을 취하거나 삼삼오오 모여 담소를 나누었다. 여유로운 풍경을 보니, 시오도 복잡했던 마음이 사라지고 슬며시 미소가 떠올랐다.

　시오는 우뚝 솟은 기숙 학교를 바라보았다. 고대 지구의 지구라트 신전을 연상케 하는 이곳에는 물질 소유자와 연구원의 자녀들이 있었다. 수장은 이들이 행성의 미래라는 상징성을 강조하기 위해 오르도의 한가운데에 기숙 학교를 세웠다. 기숙 학교 안에는 온갖 편의 시설이 갖춰져 있어 학생들이 편리하게 생활할 수 있었다.

시오는 잔디 정원 중앙의 시계탑을 보았다. 시계탑은 2034년 9월 15일 오후 5시 30분을 가리켰다. 엘리시온의 시간은 지구의 만국 표준시와 일치했다. 시계탑 아래에서 주황색 망토를 입은 아이들이 공놀이를 하고 있었다. 공이 시오 앞으로 굴러 왔다.

"공 좀 주세요!"

한 아이가 시오를 향해 손을 흔들었다. 시오는 아이를 향해 공을 찼다. 아이는 꾸벅 인사를 하더니 공을 받아 친구들에게 달려갔다. 작은 몸집과 키, 오렌지색 망토를 보고 시오는 이들이 올해 입학한 신입생이라는 걸 알아보았다. 엘리시온의 교육은 만 12세까지 홈스쿨링으로 진행된다. 그리고 13세가 되면 물질 소유자와 연구원의 자식들은 의무적으로 기숙 학교에 입학해야 한다. 나머지 엘리시안들은 거의 자녀를 두지 않았다. 이들은 언제라도 인간 유전 물질을 충전받지 못하고 노동자가 될 수 있기 때문이다.

아이들은 기숙 학교 입학과 동시에 1차 독립을 한다. 어머니, 아버지에게도 제2의 인생이 시작된다. 결혼이 종료되면서 각자의 삶을 선택할 수 있는 것이다. 물론 반드시 선택해야 하는 것은 아니다. 결혼 생활을 계속 유지하는 자들도 있었다.

테라와 라돈은 결혼을 종료하는 데 합의했다. 각자의 일과 생활을 선택하고 서로 존중하며 지내고 있다. 시오는 신입생들의 공놀이를 바라보며 자신도 어머니와 아버지처럼 살고 싶다고 새삼 생각했다.

다음 날 아침 7시, 기상 벨이 울렸다. 시오는 세수를 하고 교복으로 갈아입은 뒤 식당으로 내려갔다. 식당 한가운데에 여러 음식이 차려져 있어 학생들은 자기가 먹을 만큼 식판에 옮겨 담았다. 엘리시온의 음식은 지구의 것과 비슷한 모양에 영양도 풍부했지만, 특별한 맛은 느껴지지 않았다. 시오도 식판에 음식을 담았다.

"안녕?"

목 뒤에서 속삭이는 목소리가 들려왔다. 시오는 빠르게 몸을 돌렸다. 한 뼘 정도 떨어진 곳에 몰리스가 있었다.

"어, 안녕, 어제는 잘 들어간 거지?"

"물론. 테라의 숲에서는 재미있었어. 불미스러운 일이 있긴 했지만 네가 있어서 든든했어. 맛있게 먹어."

몰리스는 눈길을 돌린 채 식판에 음식을 담으며 말했다. 하지만 얼굴에는 웃음기가 어려 있었다. 몰리스는 주위에 있던 여자아이들과 몰려가 자리에 앉았다. 시오는 기분이 이상했다. 식당에서는 여자아이들과 자주 마주치지만 몰리스가 알은척을 한 것은 처음이었다. 사실 이런 행동은 금기 사항이었다. 만약 걸리면 벌점이 매겨진다. 그럼에도 몰리스는 시오에게 말을 걸어 호감을 표시한 것이다. 시오는 우쭐한 기분이 들었다.

시오는 남자아이들의 지정석으로 움직였다. 빈자리를 찾기 위해 식당 안을 둘러보았다.

"시오! 여기야!"

카르가 시오를 향해 손을 들었다. 시오는 카르 옆자리에 앉았다. 카르와 아이들은 몰리스와 인사를 나눈 짧은 순간을 눈치채고는 호들갑을 떨었다. 시오는 오늘 발표될 시험 결과 이야기로 말을 돌렸다.

"시오야 당연히 물질 탐사대원 명단에 들겠지. 우리 중에 으뜸 일걸?"

"그거야 결과를 봐야 알지."

시오는 겸연쩍어했지만 아이들은 모두 카르의 의견에 동조했다. 그때 우당탕하고 식판이 떨어지는 소리와 함께 한구석에서 소란이 일었다. 아이들의 시선이 일제히 그쪽으로 향했다.

"또 포르잖아? 요즘 자주 시비가 붙네."

카르가 혀를 차며 말했다. 학생들은 재미있는 구경을 하듯 양쪽으로 편을 갈라 응원했다.

"야! 기억을 잃었으니까 기억 상실자라고 했는데 대체 뭐가 문제야?"

포르는 상대편 학생에게 비아냥거렸다.

"뭐야! 이 자식이!"

남학생은 포르의 멱살을 잡았다. 시오는 그 학생을 눈여겨보았다. 시오도 그 학생의 아버지 이야기를 알고 있었다. 작년에 지구로 물질 탐사를 다녀와서 지구에서 겪었던 일들의 기억을 모두 삭제당했다고 들은 적이 있다. 탐사에서 지켜야 할 규칙을 어겼기 때문이라는 소문이 돌았다. 경우에 따라서는 계급이 강등돼 충전받는 유전 물질 등급도 내려가게 된다고 했다.

소란이 일자 학교 생활 지도사들이 식당 안으로 들어왔다. 그들은 둘을 갈라놓았다.

"저 자식이 먼저 시비를 걸었어요!"

남학생이 거세게 항의를 했다. 포르는 자기는 아무런 잘못이 없다는 듯 어깨를 으쓱했다.

"둘 다 그만두십시오! 두 학생에게 벌점을 부과하겠습니다."

생활 지도사들이 벌점을 매기자 포르는 억울하다고 하소연했다. 청소 노동자가 다가와 바닥에 떨어진 음식물을 치웠다. 포르는 분을 이기지 못하고 식당을 나가 버렸다. 소란스럽던 식당은 다시 잠잠해졌다.

"소문 들었어?"

카르가 심각한 표정으로 아이들의 얼굴을 보며 물었다. 시오도 포크를 내려놓고 카르의 말에 귀를 기울였다.

"포르가 담배를 피운대."

옆에 있던 디온이 카르 곁에 바짝 붙으며 말을 받았다.

"뭐, 담배? 담배 얘기라면 내가 들은 게 있지. 그걸 피우면 그 순간에는 괴로움이 없어진대. 기분도 좋아지고."

시오는 담배를 피우는 포르의 모습을 상상할 수 없었다. 담배는 금지 물품 중 하나다. 담배에 들어 있는 발암 물질과 화학 물질 때문이었다. 그 화학 물질이 엘리시안에게 어떠한 변형을 일으킬지 몰라 애초에 금지한 물품이었다.

"대체 담배가 어디서 나는 거야?"

카르가 디온에게 물었다.

"예전에 선배들한테 들었는데 공장 지대에서 담배가 만들어진대. 거기 노동자들은 담배를 피운다던데? 그게 여기까지 불법 유통되는 거지. 경로는 잘 모르지만."

디온이 누가 들을세라 목소리를 낮추어 말하자 카르가 디온에게 다시 물었다.

"그럼 어디서 담배를 피워?"

"지하 벙커에서. 비상시에만 들어가는 통로 있잖아. 거기에 감시 카메라가 비추지 못하는 사각지대가 있대."

시오는 믿기지 않았다. 포르가 그렇게까지 자신을 망가뜨리는 이유를 알 수가 없었다. 갑자기 식욕이 사라졌다.

"먼저 간다."

시오는 자리에서 일어났다.

"왜 벌써 가? 다 먹지도 않고."

"밥맛이 없어."

시오는 대충 얼버무리고 식당을 나왔지만 강의실로 가고 싶지는 않았다.

시오는 포르와 함께했던 시간을 떠올렸다. 기숙 학교에 오기 전 포르는 시오의 옆집에 살았다. 홈스쿨링도 같이 받았고 밤이 되면 천체 망원경으로 우주를 바라보며 지구 이야기를 나눴다. 둘 다 물질 탐사대원이 되는 게 꿈이었다. 이제는 너무나 오래된 이야기인 것 같아 씁쓸했다. 물론 기숙 학교에서도 포르와 이야기할 기회가 종종 있었지만 어느 순간부터 포르는 이런저런 핑계를 대며 시오를 피했다. 그러다 보니 시오도 포르에게 다가가지 않게 되었다. 하지만 포르가 담배를 피운다는 말을 듣고 가만히 있을 수는 없었다.

시오는 포르가 갈 만한 곳을 살폈지만 어디에도 없었다. 디온이 말한 지하 벙커가 머릿속을 스쳐 갔다. 시오는 엘리베이터를 타고 지하층을 눌렀다.

지하 1층에서 내리자 어두운 복도에 비상등이 켜졌다. 비상등 밑에 벙커 방향이 표시되어 있었다. 시오는 천천히 그곳으로 발걸음을 옮겼다. 벙커가 가까워질수록 이상한 냄새가 났다. 서둘러 다가가자 후미진 곳에서 뿌연 연기가 허공에 흩어졌다 사라졌다. 시오는 긴장을 멈추지 않은 채 좀 더 다가갔다. 그때 포르의 목소리가 새어 나왔다.

"아버지가 저 대신 간다고요? ……왜요? 왜요?"

목소리에 떨림이 묻어 나왔다.

'포르?'

시오는 후미진 곳에 이르렀다. 포르는 시오를 보자마자 들고 있던 통신기를 껐다.

"네가 여긴 왜 왔어!"

포르는 매서운 눈길로 시오를 보더니 들고 있는 담배를 바닥에 버리고 발로 비벼 껐다. 시오의 눈은 바닥을 좇았다.

"너, 진짜 담배를 피우는 거야?"

"네가 상관할 바 아냐."

포르의 눈에 서슬이 퍼렜다.

"치명적일 수 있어."

"너 같은 모범생, 겁쟁이한테나 그렇지. 난 아무래도 상관없어."

포르가 주먹으로 시오의 가슴을 툭툭 치며 말했다. 시오는 몸을 휘청이면서도 포르의 흔들리는 눈빛을 놓치지 않았다.

"허풍 그만둬. 넌 지금 겁내고 있어. 불안해하고 있다고. 이성적으로 생각해. 치기 부릴 일이 아니야."

"뭐야? 네가 뭔데 이러래저러래라 하는 거야?"

포르는 손가락으로 시오의 어깨를 밀쳤다.

"이러지 마! 널 생각해서 하는 말이야. 연구원이 되어도 물질 탐사 기회는 얻을 수 있어. 미리부터 포기하지 말라고."

시오는 진심을 다해 말했다.

"네까짓 게 뭘 안다고 그래? 아무것도 모르면 잠자코 있어."

"넌 변했어!"

시오는 가슴속에 응어리졌던 말을 뿜어 댔다.

"변하다니? 내가 변해? 잘난 너는 닥치고 네 일에나 신경 써!"

포르는 무서운 표정으로 화를 내더니 보란 듯이 주머니에서 새로 담배를 꺼내 물었다. 불을 붙이고 한 모금 힘껏 빤 다음 시오 얼굴 정면으로 입바람을 불었다. 회색 연기가 시오의 얼굴에 뿜어졌다. 시오가 자기도 모르게 그 연기를 빨아들이자 기침이 터져 나왔다.

"어유, 혹시 모르니 충전소에 가 보셔야지?"

포르는 조롱하듯 비웃고 담뱃불을 껐다. 그리고 손바닥 크기의 휴대용 물질 흡수기로 담배의 흔적을 모두 지워 버렸다. 포르는 다시 눈을 치켜뜨고 시오를 보았다.

"이 일 발설하기만 해 봐. 가만두지 않을 거야."

포르는 시오를 지나쳐 갔다. 시오는 기침을 하며 앞서 가는 포르를 망연히 바라보았다.

시오는 강의실로 들어갔다. 마지막 수업을 앞두고 모두들 마음이 들떠서인지 강의실 안이 소란스러웠다. 연구 교사가 들어오자 웅성거리던 교실이 한순간에 조용해졌다.

"다들 온 건가?"

연구 교사가 아이들을 둘러보며 말했다. 시오도 교실 안을 보았다. 언제 들어왔는지 포르가 강의실 맨 뒤, 구석에 앉아 있었다.

"드디어 마지막 수업이다. 오늘부로 사 년 동안의 수업이 종료된다. 너희는 그동안 물리학과 화학, 생화학, 생물학을 배웠다. 오늘 이후로 너희의 길은 물질 탐사대원과 연구원으로 나뉘지만 최종 목표는 모두 물질 소유자가 되는 것이다. 알다시피 요즘 물질 소유자가 되기는 무척 까다롭다. 하나의 물질을 소유하는 시대는 이미 지났다. 너희는 여러 물질을 결합하고 발전시켜 새로운 물질을 창조해야 한다. 나는 너희를 믿는다. 너희가 우리 엘리시온의 희망이자 미래라는 걸 기억하기 바란다."

연구 교사가 교탁에 있는 버튼을 누르자 아이들의 얼굴 앞에 화면이 나타나며 각각의 이름이 떴다.

"이제 이 버튼을 누르면 너희 이름 옆에 앞으로의 진로가 나올 것이다."

학생들은 긴장한 눈빛으로 화면을 응시했다. 시오의 심장도 거세게 뛰었다. 연구 교사는 버튼을 눌렀다. 시오 이름은 가장 위에 있었다. 이름 옆에 '물질 탐사대원'이라 뜨고 탐사 지역은 '알래스카'라고 쓰여 있었다. 뛰던 가슴이 환희로 가득 찼다.

물질 탐사를 나가게 된 열 명은 모두 물질 소유자의 자식들이었다. 시험을 통과하지 못해 연구원에 발탁된 학생들 중에도 물질 소유자의 자녀가 있었다. 포르도 연구원으로 발령받았다. 학생들 사이에서 희비가 엇갈렸다.

"자, 모두 자신이 어디에 속하게 되었는지 확인했을 것이다. 연구원에 발탁된 제군들은 원하는 물질 연구팀에 지원서를 써서 내일까지 제출하기 바란다. 어느 팀에 소속될지는 물질 소유자들의 면접을 거쳐 정해질 것이다."

연구 교사가 학생들에게 지원서를 나누어 주기 시작했다. 시오는 포르를 보았다. 포르도 시오를 노려보고 있었다. 그 눈빛에 원망이 녹아 있었다. 시오는 시선을 돌렸다.

"지원서를 받은 학생들은 모두 도서관으로 이동해라. 도서관에서 너희들이 선택할 연구팀에 대한 자료를 검색해 볼 수 있을 것이다. 그리고 물질 탐사를 가게 된 열 명의 제군들은 예비 소집이 있으니 지구 탐사부로 이동하기 바란다."

시오와 학생들은 강의실을 나와 저마다의 길로 이동했다.

5

시오는 기숙사의 짐을 다 싼 뒤, 책상 위에 놓인 우주선 탑승권을 집어 들었다. 거기에는 '미국 알래스카'라고 선명하게 표기되어 있었다.

시오는 자신이 탐사할 곳이 알래스카라는 것을 알면 라돈이 어떤 반응을 보일지 궁금했다. 오랜만에 어머니, 아버지와 함께 보내는 시간이 자신의 선택 때문에 엉망이 되지 않길 바랄 뿐이었다. 시오는 불안감을 애써 다독이며 탑승권을 가방에 넣었다.

잔디 광장에는 부모들이 미리 와서 학생들을 기다리고 있었다. 시오는 테라와 라돈을 찾아 두리번거렸다. 그들은 잔디 광장 중앙의 커다란 포플러 아래 있었다. 시오는 그쪽으로 걸음을 옮겼다.

"물질 탐사대원에 합격했다는 소식은 들었다. 네가 원하는 곳으로 가게 되었니?"

라돈은 시오를 보자마자 물었다.

"라돈, 일단 집으로 가. 가서 이야기해도 늦지 않아."

테라가 라돈의 팔을 잡으며 말했다. 시오는 어머니, 아버지와 함께 있으니 집에서 같이 살던 예전으로 되돌아간 것 같았다.

셋은 트램을 타고 물질 소유자들의 주택가로 들어섰다. 주택은 모두 석조 건물로 이층집이 대부분이었고 마당에는 잔디와 포플러와 꽃으로 가꾼 정원이 있었다. 트램은 마켓과 유전 물질 충전소를 지나 시오의 집에 이르렀다.

셋은 트램에서 내려 정원으로 들어섰다. 시오는 옆집을 보았다. 일 년 전까지 포르의 가족이 살았던 집이다.

"아아, 그동안 숲 속 숙소에서만 지내다 여기에 얼마 만에 오는지 모르겠어. 모든 게 그대로네."

테라가 풍경을 둘러보며 말했다. 테라는 정원에 있는 나무와 꽃을 꼼꼼히 살펴보았다.

"이상 물질도 없고. 관리 잘했어."

테라가 흙을 털며 말했다.

"당연하지, 어린 시절 시오의 추억이 깃든 곳인데. 수입의 상당 부분을 집 관리비로 쓰고 있다고. 자, 어서 들어가지."

라돈이 현관문을 열자 테라와 시오는 집 안으로 들어갔다. 익숙한 냄새가 시간을 거슬러 가족이 함께 살던 시절로 이끌어 주었다.

"시오 배고프겠어. 라돈, 저녁은 준비됐어?"

"그럼, 오전에 음식을 미리 사 놓았지. 접시에 담기만 하면 돼."

라돈은 양손을 자신의 허리에 걸치며 말했다.

"시오는 어서 짐을 풀어야지. 테라가 도와주는 건 어때? 음식 준비는 내가 할 테니까."

"좋아."

시오와 테라는 짐을 하나씩 나눠 든 채 2층으로 올라가고 라돈은 부엌으로 들어갔다.

오랜만에 방문 앞에 서자 시오는 기분이 묘했다. 테라는 시오의 마음을 아는 것처럼 문을 열어 주었다. 방은 하나도 달라지지 않았다. 라돈과 함께 조립했던 물질 기호, 유전자, 지구 모형 등이 벽장에 진열되어 있었다. 창가의 침대 옆에는 천체 망원경이 있었다. 시오는 그 앞으로 다가가 망원경을 쓰다듬었다. 마치 포르의 온기가 아직도 남아 있는 것 같았다.

"시오, 너……."

놀란 테라의 목소리가 난데없이 시오에게 달려들었다. 테라가 탑승권을 들고 있었다. 시오는 추억에 잠겨 있느라 테라가 자신의 짐을 푸는 줄도 몰랐다. 테라가 시오에게 성큼 다가왔다.

"알래스카라니, 어떻게 된 거야? 왜 하필 이곳을 택한 거니?"

"……."

시오는 대답할 말을 찾으려 뜸을 들였다. 지금껏 누구에게도 해 보지 못한 말을 꺼내야 할 순간이었다.

"저는 인간의 영혼 물질 소유자가…… 되고 싶어요."

"뭐?"

테라는 애써 침착하게 행동하려는 듯 심호흡을 했다.

"영혼 물질 소유자? 좋아, 그런데 미국 어디든 있는 게 인간이 야. 왜 하필 알래스카지?"

"할머니가 영혼 물질을 찾으러 알래스카에 갔다는 걸 알고 있어 요. 그리고 돌아오지 않았다는 것도요."

걱정으로 가득 찼던 테라의 눈에 냉정함이 떠올랐다.

"언제부터 알고 있었니?"

"열한 살 때요. 천체 망원경이 없어져서 집 안을 뒤지다가 옥상 에 있는 걸 발견했어요. 아마 아버지가 보고 나서 그곳에 그냥 둔 것 같았어요. 그런데 그때 주변 바닥에 찢긴 종잇조각들이 보였고, 궁금해서 그 조각들을 퍼즐처럼 맞춰 보았는데…… 사진 속에 얼 음뿐인 광활한 땅이 펼쳐져 있고 한가운데 누군가가 찍혀 있었어 요. 주름이 가득했지만 온화한 얼굴이었죠. 사진 뒤에 '나의 어머 니'라고 쓰여 있어서 할머니라는 걸 알았어요."

테라는 생각에 잠겼다가 이내 시오 얼굴을 뚫어져라 보았다.

"너, 지금도 그 사진을 갖고 있니?"

시오는 가슴팍에서 사진을 꺼내 테라에게 주었다. 테라는 한참 동안 사진에서 눈을 떼지 않았다.

"여기가 알래스카라는 건 어떻게 알았지?"

테라가 고개를 들고 물었다.

"처음에는 우리 행성의 빙하 지대인 줄 알았어요. 그런데 어느 날, 기숙 학교 아이들과 지구로 떠났다가 돌아오지 않은 엘리시안에 대한 이야기를 나눴고, 그 뒤 자료실에서 지구 역사를 조사하다가 관련 기록을 보았어요. 그 기록에 지구 사진이 있었는데 이 사진하고 배경이 똑같았어요."

"할머니가 찾으려 한 게 영혼 물질이었다는 건 어떻게 안 거야?"

"엘리시온 인명 자료집을 보고요."

"그 엄청난 자료를 다 찾아봤다고?"

"그만큼 제겐 간절해요."

"하지만 시오, 너도 알잖아. 이제 인간의 영혼을 찾는 대원은 아무도 없다는걸. 왜 없겠니? 찾을 가능성이 없으니까. 너무 무모한 일이라 도전하지 않는 거라고."

"영혼을 찾으면 우린 완벽한 인간이 될 거예요. 그게 우리가 인간이 되지 못한 0.0001퍼센트를 해결해 줄 거란 확신이 들어요."

시오는 신념에 차서 말했다. 테라는 힘이 빠진 듯 침대에 걸터앉았다.

"라돈에게는 네가 할머니 일을 알고 있다는 걸 말하지 않는 편이 좋겠다. 넌 태어나기 전 일이라 심각성을 모를 테지만, 라돈은 그 일로 공장 지대로 갈 뻔했어. 엄청난 노력으로 연구원을 거쳐 물질 소유자까지 된 거야. 아무튼 네 할머니는 배신자야. 아버지에게는 치욕이고. 그런데 영혼…… 인간의 영혼이라니!"

테라는 침대에서 일어나 불안한 듯 방 안을 서성거렸다. 시오의 눈동자도 테라를 따라 움직였다.

노크 소리와 함께 문이 열렸다. 테라는 들고 있던 사진을 냉큼 허리 뒤로 감추었다. 문틈으로 라돈의 얼굴이 들어왔다.

"정리 아직도 멀었어? 식사 준비 다 됐는데……."

"아니야, 거의 끝났어. 시오, 어서 내려가자."

테라가 웃으며 시오의 어깨를 감싸 안았다.

시오가 알래스카로 가게 되었다고 이야기하자 라돈은 포크와 나이프를 슬며시 내려놓았다. 그리고 컵에 있던 물을 단숨에 마셔 버렸다. 라돈의 머릿속에 일리아의 얼굴이 선명하게 떠올랐다. 라돈은 아무렇지 않았다. 그녀는 더 이상 자신의 어머니가 아니다. 배신자일 뿐이다. 시오는 라돈의 행동을 유심히 살폈다.

"라돈, 모두가 포기한 인간의 영혼 물질을 찾고 싶어 하다니 시오의 용기가 대단한 것 같아."

시오는 한없이 긍정적인 테라의 말이 이 상황과 너무 어울리지 않는다는 생각이 들었다. 하지만 자신을 위한 노력이라고 생각하니 고마운 마음이 들었다. 아무 반응을 보이지 않던 라돈은 잠시 뒤 입을 열었다.

"나도 테라와 같은 생각이야. 첫 물질 탐사니까 네가 원하는 만큼 지구를 보고 느껴야지."

라돈은 태연하게 말하고 다시 포크와 나이프를 들었다. 그때 라돈의 통신기가 울렸다. 아토무스에서 온 것이었다.

"잠시만."

라돈은 자리에서 일어나 거실로 나왔다.

"무슨 일이십니까? 수행 비서님."

"물질 공장 지대에 원자력 발전소를 건설해도 좋다는 수장님의 지시가 내려왔습니다. 내일 아침 연구원들과 함께 아토무스로 오십시오."

"그, 그게 사실입니까?"

"네, 축하합니다. 수장님께서도 오랫동안 노력한 공로를 치하하셨습니다."

"고맙습니다. 내일 아침 일찍 아토무스로 들어가겠습니다."

라돈은 통신을 끊고 부엌으로 들어와 가벼운 마음으로 자리에 앉았다.

"표정이 밝아. 좋은 소식이라도 있는 거야?"

테라가 물었다.

"고심했던 문제가 해결됐어."

라돈이 흥분에 겨워 말했다.

"그 뜻은 당신의 공장이 세워진다는 건가?"

라돈은 힘주어 고개를 끄덕였다.

"축하드려요, 아버지!"

시오가 웃으며 말했다.

"고맙다, 시오. 이 일이 잘되면 엘리시온의 에너지 생산에 획기적인 변화가 생길 거야."

"무슨 말이야? 에너지원으로 쓰여 온 포플러의 역할이 축소될 거라는 뜻이야?"

테라가 이맛살을 찌푸리며 물었다.

"글쎄, 그건 아직 확실하지 않아. 만약 그렇다 해도 당신 입지가 약화되는 건 아니야. 대체 에너지를 만들어 내지 않더라도 숲은 우리 행성에서 무척 소중해. 앞으로도 숲은 점점 넓어질 거야. 언젠가는 엘리시온 대부분이 그렇게 되겠지. 숲의 산소 생산량이 늘어나면 공기 물질 소유자가 당신에게 물질을 지불할 날이 올지 모른다고. 현재 숲 방문객들에게 받는 유전 물질로도 당신은 이미 충분하겠지만."

그제야 테라는 얼굴을 펴고 고개를 끄덕였다.

시오는 라돈과 테라의 대화를 하나도 놓치지 않으려 애썼다. 자신의 미래와도 관련이 있기 때문이다.

"숲과 관련해서 새로운 프로젝트를 구상하는 건 없어?"

라돈의 물음에 시오도 테라를 보았다.

"있지. 숲에 생명체가 살 수 있는 공간을 만드는 게 어떨까 구상 중이야."

"생명체? 빙하 지대에 있는 생명체를 말하는 건가?"

라돈의 말에 테라가 시오를 흘깃거리며 헛기침을 했다.

"빙하 지대에 생명체가 살고 있어요?"

시오는 라돈과 테라를 번갈아 보며 물었다.

"서, 설마 그럴 리가 있니? 빙하 지대는 몹시 추운 곳이야. 생물이 살아갈 수 없는 환경이라고. 고대 문명지 역시 모두 폐허가 되었고."

테라가 어색한 미소를 지으며 말했다.

"지구 극지방 생명체를 말하는 거야. 너도 알잖니…… 지구에는 인간 말고도 여러 동물이 살고 있다는걸."

라돈이 끼어들어 맞장구를 쳤다.

"그래, 맞아. 지구의 동물 중에 멸종 위기에 처한 것들이 많아. 빙하 체험 지대에 있는 인간의 미라처럼 숲에…… 박제된 동물을 두면 어떨까 고심 중이야."

테라는 애써 웃음을 지었다.

"동물…… 알아요, 인간보다 못한 존재죠."

시오는 냉랭하게 말을 뱉었다.

"음식 식겠다. 어서 먹자."

테라가 화제를 돌렸다.

식사를 마치고 테라는 숲의 상황을 통신기로 보고받고 있었다. 라돈은 거실 소파에 앉아 하루 동안 엘리시온에서 있었던 소식을 시청했다. 저녁 식사 뒷정리를 마친 시오가 거실로 나와 라돈의 옆에 앉았다. 수신기는 행성에서 일어난 새로운 소식을 전했다. 공장지대 노동자 몇몇이 물건을 훔쳤다는 내용이었다. 시오는 뉴스에 촉각을 곤두세웠다.

"피곤할 텐데 그만 네 방으로 가서 쉬는 게 어떻겠니?"

통신을 끝낸 테라가 다가와 시오를 보며 말했다.

"어머니, 전 9시에 잠들어야 하는 어린애가 아니에요. 저도 우리 행성에서 일어나는 일들을 알고 싶다고요."

시오는 아쉬워하며 말했다.

"조금만 참아. 물질 탐사를 갔다 오면 너도 성인이야. 그때는 자유롭게 볼 수 있다."

라돈까지 나섰다. 시오는 아쉬웠지만 부모님의 말을 따르기로 했다.

"알았어요. 어머니, 아버지도 쉬세요."

시오는 2층으로 향했다. 계단을 반쯤 올랐는데, 문득 라돈이 내일 언제쯤 아토무스로 가는지 궁금했다. 헤어지기 전에 시간을 좀 더 같이 보내고 싶었기 때문이다. 시오는 다시 계단을 내려왔다.

"그래서, 타베스는 어떻게 되었지?"

라돈이 테라에게 건네는 질문이 들려왔다. 타베스라면 포르의 아버지다. 시오는 조용히 귀를 기울였다.

"오늘 공장 지대로 갔어. 노동자가 된 거지."

테라는 담담하게 말했다. 시오는 자신의 귀를 의심했다. 숲의 확장 기념 개장식 때만 해도 타베스는 분명히 수석 연구원이었다. 그런 타베스가 물질 공장 지대로, 그것도 노동자로 가다니 믿기지 않았다. 그건 돌이킬 수 없는 큰 죄를 지었을 때나 생기는 일이다. 시오는 계단을 두어 개 더 내려왔다.

"포르를 대신해서 자신의 물질과 삶을 포기했다니……."

라돈이 혼잣말을 하듯 말했다.

"그러게."

"대단한 용기군. 그럴 가치가 있는 일인가? 어차피 자식은 독립하고 나면 자신과 무관해지는데. 사건은 어떻게 진행된 거지?"

"포르가 불을 낸 건 확실해."

테라의 말을 듣는 순간 시오는 자기도 모르게 입을 틀어막았다. 통제실 화면에서 언뜻 보았던 하얀 얼굴이 떠올랐다. 시오는 테라와 라돈의 대화에 더욱더 귀를 기울였다.

"숲에서 담뱃재가 발견됐어. 유전자 검사를 하니 타베스의 아들 포르의 것이었지. 타베스는 포르의 죄를 덮는 조건, 그러니까 포르가 물질 연구팀에 지원할 수 있도록 하는 조건으로 공장 지대에 간 거야. 물론 이 사실은 아무도 몰라. 타베스가 그렇게 해 달라고 애원하는 바람에 내가 타베스의 짓이라고 보고했어."

"당신, 어려운 결심을 했군. 그런데 포르는 왜 불을 냈을까?"

"글쎄, 지난 일이기는 하지만 타베스가 물질 소유자 자격을 박탈당하고 연구원이 된 것에 대한 분풀이가 아닐까?"

"그렇다면 능력 없는 아버지 탓을 해야지. 아버지나 아들이나 감정적인 건 똑같군."

시오는 담배를 피우던 포르의 모습이 생생하게 떠올랐다. 그러고 보니 불이 난 장소가 자신과 포르가 어릴 때 자주 놀던 곳인 것도 우연의 일치가 아니었다. 시오는 몸에서 힘이 다 빠져나가는 듯했다. 여전히 믿기지 않았지만 기분이 이상했다. 라돈과 테라의 대화를 들으니 자신이 알고 있는 아버지, 어머니가 아닌 것 같았다. 둘의 대화에는 냉정함만이 가득했다. 시오는 라돈과 테라가 눈치채지 않도록 조용히 계단을 올랐다.

방으로 들어와 머리를 식힐 겸 창문을 열었다. 침대에 누워 밤하늘을 올려다보았다. 별들이 무수히 떠 있었다. 멀리, 별 하나가 포물선을 그리며 빙하 지대 어딘가로 떨어졌다. 시오는 아름다운 파란 행성 지구를 생각했다. 그곳에 있을 인간의 영혼을. 머릿속이 복잡했지만 오로지 지금은 그 생각만 하고 싶었다. 시오는 지구 물질 탐사를 상상하며 눈을 감았다.

6

"시오, 일어나렴."

시오는 잠에서 깼다. 눈부신 햇살이 얼굴에 내려앉아 눈을 제대로 뜰 수 없었다. 겨우 정신을 차리고 침대에서 일어나 앉았다.

"몇 시죠?"

"9시가 넘었어. 피곤한 것 같아서 깨우지 않았다."

"아버지는요?"

"아침 일찍 공장 지대에 가셨어. 인사도 못 하고 가서 아쉬워하셨다. 하지만 아버지로서도 어렵게 이뤄 낸 쾌거니까 네가 아버지를 이해해 드리렴."

"그럼요."

"그 대신 오늘은 우리 둘이 시간을 보내자꾸나. 옷 갈아입고 1층으로 내려오렴."

"알았어요."

테라가 방을 나간 뒤, 시오는 창문을 활짝 열었다. 파란 하늘은 구름 하나 없이 맑았다. 물질 공장 지대 쪽으로 시선을 돌렸다. 희뿌옇게 보이는 저곳 지하 어딘가에 공장 지대가 있다는 것이 믿기지 않았다. 지구 물질 탐사를 다녀오면, 어쩌면 그곳에 갈 수 있을 것이다.

'자신만의 물질 공장을 갖게 되면 어떤 기분이 들까.'

시오는 영혼 물질 공장을 상상해 보았다. 생각만으로도 가슴이 벅차올랐다. 물질 탐사를 다녀오면 라돈의 공장도 세워져 있을 것이다. 시오는 하늘을 쳐다보았다. 멀리 비행기 한 대가 공장 지대를 향해 날아가고 있었다.

라돈과 연구원 다섯 명은 소형 비행기를 이용해 공장 지대로 이동했다.

"설계 도면을 좀 보고 싶군."

라돈이 연구원에게 말했다.

"다른 공장들과 100킬로미터 정도 떨어져 있고 대규모 빙하 지대와 인접한 곳에 부지가 선정되었습니다."

연구원이 설계 도면을 라돈에게 보여 주며 말했다.

"원자력 발전에는 냉각수가 필수니 빙하를 많이 이용해야 할 거야."

라돈은 흡족한 표정으로 설계 도면을 살폈다.

"공장 지대에서 빙하 지대까지 초고속 무빙 머신을 설치해 노동자들이 바로 지상으로 올라가 작업할 수 있게 할 겁니다."

연구원의 말에 라돈은 고개를 끄덕였다.

"오 분 뒤 공장 지대에 도착합니다."

조종사가 말했다. 비행기는 어둡고 긴 터널을 내려와 지하의 비행장에 착지했다. 라돈과 일행은 비행기에서 내렸다. 이곳은 지하 세계라는 것이 무색할 정도로 밝았다.

"어서들 오십시오."

라돈의 일행 앞으로 공장 지대를 총괄하는 관리자가 나타났다. 그는 공장의 노동자들을 파악하고 시설을 관리하는 총감독을 맡고 있었다.

라돈은 관리자의 안내를 받아 공장 지대로 들어섰다. 비행장과 달리 공장 지대는 어둡고 음침한 분위기를 풍겼다. 녹지가 전혀 없어 회색 도시 같은 느낌이었다.

관리자는 주위를 둘러보는 라돈에게 보고를 시작했다.

"지금 이 시각 모든 노동자들은 공장에서 일을 하고 있습니다. 공장 안에 기숙사 및 병원, 편의 시설, 유전 물질 충전소가 다 갖춰져 있고, 노동자들은 노동의 대가로 유전 물질을 충전받죠. 그들의 계급은 8급입니다. 8급은 질병과 노화의 진행을 막을 수 없는 가장 낮은 수준의 충전만 받는다는 거 알고 계시죠? 그래서 이곳에는 오르도에는 없는 병원이 있고, 의료진들이 공장마다 배치되어 있습니다."

"주로 어떤 병에 걸리죠?"

라돈이 물었다.

"뭐, 다양합니다. 공장 지대라는 특수성 탓에 유해 물질에 노출되다 보니 유전자 변형이나 세포 이상이 나타나죠. 노화가 진행되어 지구인들이 걸리는 질병에 노출되기도 합니다."

라돈은 고개를 끄덕이며 한쪽을 바라보았다. 길가의 후미진 곳곳에 커다란 철창이 있었다. 그곳에 온몸이 진회색 털로 뒤덮인 자들이 뒷모습을 보인 채 웅크리고 있었다. 자세히 보니 손목과 발목에 쇠고랑이 차여 있었다.

"저들은…… 물질 결핍자들 아닙니까?"

라돈이 기분 나쁜 말투로 물었다.

"노동자 자격을 박탈당한 자들입니다."

"무슨 죄를 지은 거죠?"

"작게는 도둑질을 하거나 크게는 동료의 목숨을 앗아 간 자들이죠. 유전 물질 충전을 받지 못하자 물질 결핍으로 몸의 변화가 일어난 겁니다. 곧 사냥꾼들이 저들을 잡아갈 겁니다. 아, 저들이 어떻게 되는지는 제가 말씀드리지 않아도 이미 알고 계실 겁니다."

관리자가 눈썹을 실룩거리며 라돈을 보았다. 라돈은 고개를 끄덕이며 아토무스 지하에 있는 강제 수용소와 비공개 생체 실험실을 떠올렸다.

"공장에서 탈출하는 노동자들이 늘고 있다죠? 그들도 물질 결핍자가 되었겠군요. 그들은 땅굴을 파고 들어가 산다고 하는데 그 땅굴이 진짜 사냥꾼들이 찾을 수 없을 만큼 복잡합니까?"

라돈은 관라자에게 물었다.

"그럼요, 미로가 엄청나게 복잡해서 사냥꾼들도 섣불리 들어갔다가는 길을 잃기 쉽죠. 드물지만 그 안에서 못 빠져나와 물질 결핍자가 된 이들도 있습니다. 그래서 사냥꾼들도 깊숙이 들어가는 것은 꺼려하죠. 물질 결핍자들이 오르도까지 땅굴을 파고 들어올까 봐 염려되는 상황입니다."

라돈은 고개를 끄덕이며 그들을 모두 자신의 공장 노동자로 삼으리라 생각했다.

공장 지대를 둘러본 라돈과 연구자들은 차량에 올라탔다. 원전 부지로 향하기 위해서였다. 차량은 한참을 내달렸다.

"이제 거의 다 왔습니다. 저기 보이는 넓은 부지가 라돈 님의 공장이 세워질 곳입니다."

라돈은 광활한 벌판에 원자력 발전소들이 들어서는 모습을 상상하며 부지를 꼼꼼히 살폈다.

"자, 그럼 이제 사무실로 이동하겠습니다."

일행은 다시 차량에 올라타고 공장 지대 관리실로 돌아왔다. 사무실에 둘러앉아 공장 건설 방안과 시일에 대해서 구체적인 이야기를 나누었다.

"공장 건설 기간은 약 십오 일 정도 소요될 것으로 보입니다."

건설 담당자가 프로그램화된 설계도를 보며 말했다.

"그럼 그 안에 필요한 노동자들을 모아야겠군요……. 현재 대기 노동자는 몇이나 됩니까?"

"잠시만요."

라돈의 질문에 담당자가 전자 서류를 펼쳤다.

"총 백 명입니다."

"연구원, 우리가 예상한 노동자 수는 몇 명이지?"

"최소 백여 명이 더 필요합니다."

라돈은 담당자 쪽으로 고개를 돌렸다.

"이미 보고를 들었을 테지만 우리는 공장 지대 주변 땅굴에 숨어 있는 물질 결핍자들을 노동자로 충원하려고 합니다."

"알고 있습니다."

"물질 결핍자들을 수색할 사냥꾼들을 지원받고 싶습니다. 가능할까요?"

"해 보죠."

담당자가 흔쾌히 대답했다.

회의를 마치자 어느덧 저녁이 되었다. 라돈과 일행은 비행장으로 이동했다.

그들은 비행기에 올라탔다. 그때 아토무스에 있는 연구실에서 통신이 왔다. 라돈은 바로 연결했다.

"무슨 일인가?"

"이번 졸업생 중 우리 팀에 지원한 이들이 있어 연락드렸습니다. 내일 아침 일찍 미팅이 잡혀서요."

"그래? 당장 통신기로 명단을 보내게."

"알겠습니다."

잠시 뒤 라돈 얼굴 앞의 화면에 문서가 떴다. 라돈은 지원자들의 이름을 천천히 읽어 갔다. 라돈의 눈이 화면 중간에서 멈추었다.

'포르…… 타베스의 아들, 포르? 이 아이가 왜 우리 팀에 지원한 거지?'

라돈은 석연치 않았다. 포르의 속내가 궁금해졌다. 아토무스에 있는 연구원에게 연락해 포르와 당장 만나 보겠다고 했다.

포르는 텅 빈 집에 혼자 있었다. 며칠째 청소를 하지 않아 바닥에는 먼지가 나뒹굴고 음식 포장지가 흩어져 있었다. 포르는 안주머니에서 담배를 꺼내 물었다. 벽에 걸려 있는 아버지 타베스의 사진을 보았다. 연기 사이로 타베스의 얼굴이 뿌옇게 보였다. 아무리 생각해도 타베스가 자기 대신 노동자로 간 것이 납득되지 않았다.

몇 날 며칠을 고민하고 또 고민했지만 알 수 없었다.

"잘돼야 한다. 네가 잘돼야 해, 알았지? 열심히 하면 물질 소유자가 될 수 있어. 라돈, 그래, 그도 그랬으니까."

기숙 학교 지하에서 타베스와 마지막으로 나누었던 대화가 생각났다. 포르가 라돈의 연구원이 되려는 것도 그 때문이었다. 그가 어떤 노력을 했기에 물질 소유자가 되었는지, 정말 자신도 그럴 수 있을지 궁금했다. 어느새 담배가 다 타들어 갔다. 벨이 울렸다. 포르는 문 옆에 있는 보안기를 통해 현관 앞에 서 있는 라돈의 얼굴을 보았다.

포르는 담배 연기를 흡수시킨 후 초조한 마음으로 문을 열었다. 라돈은 포르의 얼굴을 뚫어져라 바라보더니 집 안을 천천히 살피며 물었다.

"휴가인데 혼자 있는 거냐?"

"네, 제겐 아무도 없으니까 혼자인 게 당연하죠."

포르는 자신의 신발 끝을 내려다보며 건조하게 말하곤 다시 눈을 치켜떴다.

"돌려 묻지 않겠다. 우리 팀에 연구원으로 지원한 이유가 뭐냐?"

"그걸 왜 지금 묻는 거죠? 설마 벌써 면접 중인 건가요?"

포르는 비꼬듯 물었다.

"넌 테라의 숲에 불을 내려 했어. 길게 말하지 않아도 내가 묻는 이유를 알겠지?"

"그, 그걸 어떻게……. 아, 그래서 제게 뭔가 꿍꿍이가 있나 알고 싶으신 거군요."

"의심스러운 건 사실이다."

"맞습니다, 테라의 숲에 불을 낸 게 저예요. 너무 화가 났어요. 테라 님만 아니었다면 아버지는 여전히 물질 소유자였을 테고 전탐사대원이 됐을 테니까요. 하지만…… 그것은 충동적으로 저지른 일이고, 지금은 저도 후회하고 있어요. 제가 원자력 발전소 연구원에 지원한 건 감정적인 선택이 아니에요. 이미 안정화 단계에 접어든 물질의 연구원이 되는 것보다 가능성에 더 중점을 두고 싶었어요."

"진심이냐?"

"네, 절 믿어 주세요."

"좋아, 그럼 담배부터 끊어. 너한테서 지독한 유해 물질 냄새가 나니까."

포르는 긴장한 듯 침을 삼켰다.

"내일 아토무스에서 보자."

라돈은 그 말만 남긴 채 집을 나갔다. 포르는 창문으로 멀어지는 라돈을 보았다. 1차 테스트는 통과한 듯했지만 왠지 마음이 편치 않았다. 가슴에 커다란 돌덩어리가 걸린 듯 답답했다.

7

시오는 우주 정거장으로 들어서기 전 대기실에서 작별 인사를 나누었다. 부모들과 기숙 학교 아이들이 대기실까지 물질 탐사대원들을 배웅했다. 수장의 수행 비서들도 나와서 첫 지구 탐사를 나서는 대원들을 격려해 주었다.

우주선 탑승 시간이 다가오고 있었다. 테라와 라돈은 시오를 담담히 지켜보았다.

"잘 갔다 와. 네가 돌아올 때쯤이면 우리도 아토무스에서 연구원으로 생활하고 있겠다."

카르가 가볍게 말했다. 그때 몰리스가 인파를 뚫고 시오에게 다가왔다.

"몰리스, 여긴 어떻게 온 거야?"

"잘 다녀오라고 인사하고 싶어서."

"고마워."

시오는 활짝 웃었다. 몰리스의 배웅이 갑작스럽기는 했지만 싫지 않았다.

"우주선으로 이동할 시간이 되었습니다."

방송이 나왔다. 시오는 아쉬움을 뒤로하고 몸을 돌렸다. 열 명의 탐사대원들은 질서를 지키며 무빙워크에 탑승했다.

십여 분 뒤 우주 정거장에 다다른 시오는 놀란 눈으로 주위를 둘러보았다. 우주 정거장은 거대했다. 광활한 벌판에 원형의 우주선이 서 있는 모습이 마치 완전히 다른 세계에 와 있는 듯했다. 우주 비행사들과 요원들이 길게 줄을 서서 대원들을 환영해 주었다. 대원들은 곧장 우주선 안으로 들어갔다.

우주선 중앙에는 엘리시온 행성의 홀로그램이 떠 있었다. 우주 비행대장이 단상에 올라서서 대원들을 향해 연설을 시작했다.

"여러분의 생애 첫 물질 탐사가 드디어 시작되었다. 우리 우주선은 빛과 같은 속도로 이동한다. 이는 우리 엘리시안이 유전 물질 충전으로 언제나 체력을 유지할 수 있어 광속 이동을 견딜 수 있기 때문이다. 첫 번째 탐사는 일종의 통과 의례와 같다. 지구는 엘리시온 행성과 뗄 수 없는 관계니 그곳을 알고 경험해 보는 데 중점을 두고 있다. 첫 탐사만큼은 물질을 발견하겠다는 부담은 접어도 된다."

비행대장의 말이 끝나자 요원들이 각각 탐사대원 옆으로 와 섰다. 누런빛이 도는 피부에 검은 머리카락, 검은 눈동자를 한 자가 시오 곁으로 왔다. 시오는 그의 모습이 알래스카 원주민과 닮았다는 걸 단박에 알아챘다.

비행대장이 다시 말을 이어 나갔다.

"지금 옆에 있는 요원들이 우주선에서부터 도착지까지 여러분과 함께할 것이다. 지금부터 요원을 따라 이동한다."

시오가 고개를 돌려 바라보자 요원이 입을 열었다.

"이쪽으로."

시오는 요원을 따라나섰다. 긴 통로를 지나자 문이 하나 있었다. 요원과 시오가 문 앞에 서니 저절로 문이 열리며 유전 물질 충전기가 나타났다.

"시오 대원, 옷을 벗고 누워라. 우주 비행 동안 깊은 잠을 잘 것이다. 깨어나면 대원의 몸은 지구인, 그러니까 알래스카 원주민의 몸으로 바뀌어 있을 것이다."

시오는 옷을 벗은 뒤 침대처럼 생긴 충전대 위에 누웠다. 요원은 충전 선을 시오의 배에 있는 물질 흡수 칩에 꽂았다. 온몸으로 아찔한 기운이 번졌다. 뚜껑이 닫히자마자 눈이 스르르 감겼다. 시오가 깊은 잠에 빠져들자 요원은 유전자 정보를 입력했다.

닫혔던 뚜껑이 열렸다. 시오는 눈을 떴다. 희미하게 보이던 눈앞의 사물들이 점점 또렷해졌다.

"시간이 얼마나 흘렀죠?"

시오는 몽롱한 기분으로 물었다.

"죽음이 없는 우리에게 시간은 무의미하다. 시간으로 측정할 수 없는 찰나가 지났다고 여겨라."

요원은 시오의 칩에 연결된 선을 빼며 말했다.

"대원이 지구에 있을 삼십 일 동안 필요한 유전 물질을 모두 충전했다. 지구에서 따로 충전받을 일은 없을 것이다. 일어나라."

시오는 일어나 몸을 살폈다.

"내 몸이……."

시오는 거울 속 얼굴을 뚫어져라 보았다. 검은 머리카락부터 검은 눈동자, 낯빛까지도 모두 예전과 비슷했지만 어딘지 모르게 달라 보였다.

"놀랍군요!"

"한 달 동안 넌 알래스카인이다. 이름은 이누아다."

"이누아. 잘 알겠습니다. 다른 대원들은요?"

"그들은 각자 자기 위치에서 담당 요원들과 함께 있다. 네가 나와 있는 것처럼. 물질 탐사를 마치고 엘리시온으로 돌아올 때 만날 수 있지. 지금 위치는 수성 부근이다. 너와 나는 소형 우주선으로 갈아탄 뒤 알래스카에 착지할 것이다."

시오는 고개를 끄덕였다.

둘은 소형 우주선이 있는 곳으로 이동했다. 우주선은 2인용으로 비행기보다 날렵해 보였다. 요원은 모든 안전장치를 확인하고는 출발 버튼을 눌렀다. 거대한 우주선의 문이 열리고 진공 상태의 우주가 시오의 눈앞에 펼쳐졌다. 끝이 보이지 않는 광활한 어둠 앞에서 시오는 어쩐지 조금 위축되었다.

"목적지는 지구, 북위 71도 알래스카."

소형 우주선은 순식간에 우주선을 빠져나갔다.

시오가 도착한 곳은 남동 알래스카 지역의 섬들이 모여 있는 부근, 그중에서도 싯카라는 작은 섬이었다. 우주선은 싯카 섬에 있는 깊은 숲에 조용히 내려앉았다. 시오와 요원은 우주복을 벗고 두꺼운 방한복으로 갈아입었다. 시오의 손끝이 떨렸다.

문이 열리고 시오와 요원은 우주선에서 내렸다. 사방이 어둠에 휩싸여 있었다. 바람 소리가 짐승의 울음소리처럼 공중을 휘감아 돌았다. 시오는 낯선 소리와 환경에 심장이 터질 것 같았다. 흥분과 두려움, 그 중간쯤에 머물러 있는 듯한 기분이었다.

'내가 정말 지구에 있단 말인가!'

시오는 공기를 힘껏 들이마셨다. 어지럽고 아찔했다. 몸이 옆으로 갸우뚱했다. 요원이 시오를 부축했다.

"지구와 엘리시온의 환경에는 미묘한 차이가 있다. 몸이 적응하

느라 그러는 것이니 걱정할 필요는 없다. 유전 물질이 적응을 도울 것이다."

"이제 어디로 가는 겁니까?"

"기다려라. 이곳에서 생활하는 요원이 널 데리러 올 거다."

시오는 지구에 살고 있는 요원이 누구일지 궁금했다. 시오는 기다리는 동안 지루함을 달래기 위해 하늘을 쳐다보았다. 수많은 별이 반짝이고 있었다. 지구의 밤하늘은 그를 본떠 만든 엘리시온의 밤하늘과 거의 똑같았다. 시오는 시선을 낮춰 숲을 둘러보았다. 거센 바람 소리는 마치 숲이 숨을 쉬는 것 같았다. 테라의 숲에서는 늘 안정감이 느껴졌는데 이 숲은 불안했다. 시오는 낯선 환경 탓에 이런 불안감을 느끼는 것이라 여기며 이 울렁거림이 잦아들기만을 바랐다.

바람 소리 사이로 바스락바스락하고 풀 밟히는 소리가 들려왔다. 그러더니 곧 희미한 불빛이 보였다. 불빛은 시오 쪽으로 가까이 다가왔다.

"뭐, 뭡니까?"

시오는 신경을 곤두세우며 물었지만, 요원은 모든 상황을 알고 있다는 듯 무표정하게 대꾸했다.

"널 돌봐 줄 지구 요원이다."

어느덧 그자가 시오와 요원 앞에 바투 섰다.

"이 아인가요?"

여자 목소리였다. 여자는 손전등으로 시오의 몸을 위아래로 훑으며 물었다.

"그렇소."

여자는 이마가 덮일 정도로 털모자를 푹 눌러썼는데 양쪽 볼에 검은 머리카락이 비죽 튀어나와 있었다. 시오는 불빛에 드러난 여자의 얼굴을 눈여겨보았다. 그을린 피부와 주름, 노화가 진행된 얼굴. 엘리시온에서는 볼 수 없는 외모였다.

"한 달 뒤 이 시각, 시오 대원을 이곳으로 데려오시오."

"한두 번 해 온 일도 아닌데 어련히."

여자는 심드렁하게 답했다. 요원이 시오를 돌아보았다.

"이곳에서 물질 탐사대원을 돌보는 피아 요원이다. 지구 생활에 대해 피아 요원이 자세히 설명을 해 줄 거다. 성공적인 물질 탐사가 되길 바란다."

비행 요원은 우주선이 있는 곳으로 되돌아갔고 우주선은 순식간에 사라졌다. 시오는 우주선이 보이지 않는 밤하늘을 망연히 쳐다보고 있었다.

"언제까지 그러고 있을 셈이냐? 어서 따라와라."

피아의 말투는 알래스카 바람처럼 차가웠다. 그녀는 몸을 돌리더니 앞만 보고 걸었다. 시오는 피아를 뒤따랐다. 바람이 목덜미를 스칠 때마다 두려움이 솟았다. 우우 하고 길고 가는 소리가 숲을 가로질러 갔다. 낯선 소리들이 시오의 신경을 자극했다.

"저 소리들은 뭐죠?"

"여우가 우는 소리."

"여우라고요?"

"그래, 이 지역에서 흔히 목격되는 지구 생물 중 하나지. 밤이 되면 곧잘 운다. 이 소리들에 적응하려면 시간이 좀 걸릴 거야. 뭐, 적응할 만하면 엘리시온으로 돌아가겠지만."

피아는 말끝에 콧방귀를 뀌었다.

"당신은 적응이 다 된 건가요?"

"그럼, 오히려 친숙하지. 인간보다 더."

"인간보다 동물이 더 친숙하다고요?"

"그만큼 이곳 환경에 익숙해졌다는 거다. 말을 자제해라. 더 했다간 어지럼증이 올 거야. 네 몸은 아직 지구에 익숙하지 않으니까."

시오는 피아의 말이 무슨 뜻인지 절감하고 있었다. 처음 우주선에서 내렸을 때처럼 여전히 세상이 빙빙 도는 것 같았다. 시오는 몸의 중심을 잡으며 별이 쏟아질 것 같은 하늘을 쳐다보았다. 그때 또 다른 소리가 들려왔다. 둥둥둥 둥둥둥. 땅과 하늘을 울리는 소리가 세상을 흔들었다.

"이 소리도 동물이 내는 건가요?"

시오는 숲을 둘러보며 물었다. 피아는 말없이 멈춰 서더니 먼 곳을 응시했다. 어느새 시오의 눈도 어둠에 익숙해져서 피아의 표정이 희미하게 보였다. 시오는 그녀의 눈빛에서 아련한 슬픔 같은 것을 느꼈다. 엘리시안에게서는 볼 수 없는 낯선 표정이었다. 시오는 그 얼굴에서 눈을 뗄 수 없었다. 피아가 진짜 인간은 아닐까 하는 말도 안 되는 생각이 들었기 때문이다.

8

시오의 잠든 눈꺼풀 위로 햇살이 비치기 시작했다. 시오는 빛을 피해 침대 위에서 몸을 뒤척였다. 두 눈을 비비며 겨우 잠에서 깨자 갈색 나무 천장이 눈에 들어왔다.

'맞아, 여긴 지구야.'

시오는 벌떡 일어나 앉았다. 햇빛이 쏟아져 들어오는 창문 너머 어둠이 걷힌 숲을, 시오는 멍한 눈길로 바라보았다. 아침 숲은 더욱더 짙고 풍성했다. 숲 너머로 높고 넓은 산맥의 능선이 겹겹이 펼쳐져 있었다. 시오는 창문을 열었다. 무엇인가가 푸드덕 날아올랐다. 놀란 시오는 창틀 아래로 몸을 숨겼다가 바깥이 조용해지자 서서히 몸을 일으켰다. 까만 날개를 단 생명체가 창공을 휘저으며 날고 있었다. 시오는 낯선 생명체의 움직임을 넋 놓고 바라보았다. 하지만 이곳 어디에도 인간의 흔적은 보이지 않았다.

문밖에서 발소리가 들리더니 문이 열리며 피아가 들어왔다. 창문이 열려 있는 것을 본 피아도 잠시 동안 말없이 창밖을 내다보았다.

"아름다운 곳이지?"

피아는 창문을 더 활짝 열었다. 차가운 공기가 살갗에 닿자 소름이 돋았다. 시오는 이불을 끌어당겨 몸을 감쌌다.

"곧 겨울이 오겠네."

피아는 혼자 중얼거리더니 시오 쪽으로 고개를 돌려 말을 이어 나갔다.

"오늘은 첫날이라 늦잠 자는 것을 봐줬지만 내일부터는 규칙적으로 생활해야 한다. 널 깨우러 올라오는 일은 없을 거야. 일어나면 창문을 열고 방을 환기해라. 공기를 바꿔 주면 머리가 맑아지니까. 아침 식사를 마련해 둘 테니 바로 아래로 내려와야 한다. 옷을 갈아입을 때는 유전 물질 흡수 칩이 잘 작동하는지 살펴보는 것 잊지 말고. 아, 입을 것은 옷장에 마련해 두었다."

피아가 방을 나가자 시오는 침대에서 내려와 배에 있는 칩을 확인했다. 이상 없었다. 옷장을 열자 문에 달린 거울 속에는 낯선 얼굴이 있었다. 시오는 화들짝 놀라 이마와 눈썹, 코, 입가를 천천히 만져 보았다.

"난 이누아야. 이누아."

옷장 안에는 여러 벌의 옷이 차곡차곡 쌓여 있었다. 두께감이 있는 바지와 윗옷, 점퍼로 생김새는 모두 비슷했다.

시오는 옷을 입고 방을 나왔다. 짧은 복도를 지나자 바로 아래층으로 향하는 계단이 있었다. 시오는 두근거리는 마음으로 1층으로 내려갔다.

거실은 좁지만 아늑했다. 벽난로에서 장작이 타고 있어 온기가 감돌았다. 벽난로 앞에는 흔들의자와 작은 소파 그리고 나무 탁자가 있었다. 바닥에는 손으로 직접 짠 듯한 양탄자가 깔려 있었다.

"내려왔니? 이리 들어와 식사하렴."

피아가 부엌에서 고개만 내밀고 말했다.

식탁에는 음식이 차려져 있었다. 가운데를 중심으로 한쪽에는 엘리시온에서 공수해 온 정제된 음식이, 다른 한쪽에는 김이 폴폴 올라오는 진짜 지구인의 음식이 놓여 있었다. 시오는 접시 위에 있는 선홍빛 요리를 보았다.

"그건 뭐죠?"

"연어라는 물고기다."

"물고기요?"

"아, 넌 처음 보았겠구나. 지구 생물 중 하나지. 이곳 사람들이 가장 즐겨 먹는 생선이야."

"지구인처럼 식사를 하는 겁니까? 그러다 유전자 변형이 일어나면……."

"이곳에 머무르는 동안 내 생활에 대해서는 상관하지 않았으면
좋겠다."

피아는 굳은 표정으로 말했다. 시오는 더 이상 입을 열 수가 없
었다. 둘은 마주 앉아 조용히 식사를 했다. 시오는 힐끗힐끗 피아
를 보았다. 어디라고 정확히 집어낼 수는 없지만 식사하는 모습도
엘리시안과는 달라 보였다. 활기 같은 것이 느껴진다고 해야 하나,
식사가 즐거워 보인다고 해야 하나. 시오는 지구인을 보듯 신기한
눈빛으로 피아가 먹는 모습을 관찰했다. 그 시선을 느낀 피아는 포
크를 내려놓고 물을 마셨다.

"식사를 마쳤으면 거실로 나가자."

시오와 피아는 벽난로 앞에 마주 앉았다. 피아는 김이 모락모락
나는 찻잔을 들고 흔들의자에 앉았다. 시오는 탁자 앞에 있는 소파
에 앉았다.

"여기 있는 동안 네가 지켜야 할 몇 가지 사항을 일러두겠다. 지
구에 처음 온 거지?"

"네."

"너도 알다시피 첫 탐사에서 에너지를 모두 쏟을 필요는 없다.
지구는 넓고 크고 다양하지. 이곳은 한 지점에 불과하다. 그러니까
잠시 지구의 일부를 느끼고 간다고 생각하면 될 거야."

"아뇨."

시오는 당차게 대꾸했다. 피아가 의아한 듯 시오를 바라보았다.

"전 제가 찾고 싶은 물질을 찾기 위해 온 힘을 쏟을 거예요. 그러기 위해서 여기를 선택한 거고요."

피아는 입을 씰룩거렸다.

"하긴, 첫 물질 탐사를 이런 곳으로 오는 이는 드물지. 특히 이미국이라는 나라에서. 뉴욕이나 워싱턴, 시카고처럼 인간이 득실득실한 곳도 아니고 말이다. 나도 좀 이상하다고 생각했다. 뭘 찾고 싶어 여기까지 온 거지?"

처음에 당당하게 입을 열었던 것과는 달리 시오는 난감한 표정을 지었다.

"말하기 싫으면 안 해도 돼. 의무도 아니고……. 아무튼 이곳에 있는 동안 넌 이누아다. 네 부모님은 알래스카 수도인 주노에서 관광업을 하고 너는 주노에 있는 학교에서 공부 중이다. 네 아버지가 내 오빠지. 넌 잠시 한 달 동안 이곳, 고모 집에서 지내려고 온 거야. 이곳에 있는 모든 것을 거부감 없이 받아들여야 한다. 진짜 인간처럼 행동해야 해."

"네, 그런데 여기에 지구인이 살고 있기는 한가요? 인간의 흔적이 보이지 않던데요. 숲밖에 없는 것 같아요."

"차를 타고 꽤 멀리 나가면 항구가 있다. 그곳에선 인간을 볼 수 있지. 내일은 그쪽을 한번 둘러보자. 음…… 나가고 들어오는 때만 정확히 지킨다면 오전 9시부터 저녁 7시까지는 섬 안에서 자유롭게 보내도 된다. 하지만 이 섬 밖으로 멀리 가고 싶다면 나와 동행해야 해. 어딜 가고 싶으니? 알래스카는 아주 넓지. 주노는 비행기를 타고 가야 하니 주노를 가 보려면 일정을 짜서 알려 주렴.”

시오는 피아가 말하는 내내 그녀의 얼굴에서 눈을 떼지 않았다. 눈동자가 물을 머금은 듯 반짝였기 때문이다. 피아는 따뜻한 차를 한 모금 마신 뒤 일어섰다. 그리고 벽난로 옆에 있는 장에서 싯카섬과 알래스카의 지도를 꺼내 시오 앞에 펼쳐 놓았다. 서랍에서 작은 상자도 꺼내 시오에게 건넸다.

“열어 봐라.”

지도를 살펴보던 시오는 상자를 받아 뚜껑을 열었다. 상자 속에는 손바닥보다 작은 크기의 사진기 비슷한 기계가 있었다.

“복합기다.”

시오는 피아를 올려다보았다.

“복합기에는 여러 기능이 있다. 이 집을 중심으로 설정된 전자 지도가 있어서 혹여 길을 잃었을 때 네 위치를 확인할 수 있지. 또 이 숲에는 다양한 지구 생명체가 있다. 토끼나 사슴, 다람쥐 등은 괜찮지만 간혹 출몰하는 곰은 위험해. 덩치 큰 동물이나 위협적인 생명체가 네 주변에 있으면 진동음이 울릴 거야. 또 낯선 물건이나 나무 등의 사진을 찍으면 그 용도나 분자 구조 등이 나올 테고. 그러니 언제나 몸에 지니고 다녀야 한다.”

"알았어요."

"내가 여기 있는 이유는 너를 지원하기 위해서지 감시하기 위해서가 아니야. 탐사 활동은 전적으로 너의 계획에 따라 이루어지는 것이다. 하지만 만약 네 신분이 노출되면 나도 위험해져. 그 사실을 잊지 말도록 해. 늘 조심하고 주변을 경계하고 다녀라. 궁금한 게 있니?"

"지금은 없어요."

"좋아. 오늘은 뭘 하고 싶니?"

"일단 주변을 둘러보고 싶어요."

"처음인데 동행해 줄까?"

"근처니까 저 혼자 다녀 볼게요."

"알았다."

피아는 고개를 끄덕이고는 부엌으로 들어갔다.

시오는 밖으로 나왔다. 차가운 공기가 몸을 감쌌다. 지구의 아침 공기를 흠뻑 들이마신 시오는 공기란 무색, 무취, 무미의 물질임을 떠올렸다. 하지만 어쩐지 이곳 공기는 독특한 냄새가 나는 것 같았다.

시오는 숲을 바라보았다. 4, 5미터가 넘는 가문비나무들이 하늘을 찌를 듯 빽빽하게 들어차 있었다. 멀리 안개가 끼어서 숲은 어두웠다. 풍경에 사로잡혀 있는 사이 집 쪽에서 문이 삐걱대는 소리가 들렸다. 시오는 뒤를 돌아보았다. 어젯밤에는 어두워서 잘 보지 못했지만, 피아의 집은 하늘색 페인트가 칠해진 2층 목조 건물이었다. 마치 미국의 1960년대 집들을 연상시켰다. 피아가 집에서 나와 옆에 있는 창고로 들어가는 모습이 보였다. 시오는 창고 안에 무엇이 있는지 궁금해하며 그쪽으로 발길을 돌렸다.

창고 문을 살짝 여니 인간들이 사용하는 도구가 차곡차곡 쌓여 있었다. 그 옆에는 나무 열매를 모아 둔 자루와 식재료들이 있었다. 피아는 어디로 갔는지 보이지 않았다. 시오는 의아해하며 안을 살폈다. 구석에 이르자 무엇인가가 발에 차였다. 나무 바닥에 손잡이 같은 것이 불룩 튀어나와 있었다. 손잡이를 위로 당겨 올리니 제법 널찍한 지하 공간이 나타났다. 거기에 8급 유전 물질 충전기가 있고 피아가 충전대 위에 누워 있었다. 8급 충전기를 사용하면 인간처럼 노화가 진행된다는 사실을 시오도 알고 있었다. 그제야 주름이 많은 피아의 얼굴이 이해되었다. 시오는 피아가 눈치채기 전에 슬며시 문을 닫고 밖으로 나왔다.

시오는 다시 숲을 보았다. 숲을 가로질러 바람이 움직였다. 바람은 시시각각 다른 소리를 냈다. 시오는 긴장된 마음을 가라앉히며 숲 쪽으로 발을 내디뎠다. 정돈되지 않은 숲 군데군데에 죽은 나무들이 쓰러져 있고 그 위에 초록 이끼가 덮여 있었다. 사진을 찍어 확인해 보았다. 이 숲에는 헤아릴 수 없을 만큼 많은 미생물과 균이 득실댔다. 왠지 꺼림칙했지만 이런 이유로 주저하며 일을 소홀히 하고 싶지는 않았다.

시오는 사방을 경계하며 걸었다. 분명 혼자 있는데도 혼자만이 아닌 것 같은 느낌에 사로잡혔다. 시오의 발걸음이 더디어졌다. 이곳에 오니 할머니 일리아의 얼굴이 떠올랐다. 일리아의 얼굴 윤곽이 기억 속에서 점점 선명해지는 기분이었다. 지금으로부터 약 백이십 년 전 지구로 물질 탐사를 왔던 일리아. 일리아가 알래스카에서 언제까지, 어떻게 생활했는지는 알 수 없었다.

시오는 손을 들어 공기를 쓰다듬었다. 손가락 끝이 뜨거워졌다. 놀란 시오는 주먹을 꽉 쥐었다. 그 순간 허리에 찬 복합기에서 진동음이 느껴졌다.

'생명체?'

시오는 무작정 나무 뒤로 몸을 숨겼다. 진동음의 진원지는 반대편 나무 틈이었다. 그곳에서 미세한 움직임이 느껴졌다. 시오는 자신 앞에 지구 생명체가 나타날 경우 어떤 방어 자세를 취해야 할지 머리를 굴렸다. 시오는 움직임이 있는 곳을 곁눈질했다. 무언가가 인간의 옷을 입고 두 발로 걷고 있는 모습이 보였다.

'저, 저건 인간……!'

시오는 처음으로 진짜 지구인을 보았다는 사실이 경이로웠다. 두려웠지만 그에게서 시선을 뗄 수는 없었다. 키는 자신보다 작은 듯했고 검은 머리카락을 양 갈래로 땋아 늘어뜨리고 있었다. 긴 치마를 입고 낡은 가죽 가방을 멘 채 숲 속을 걷고 있었다. 입에서 하얀 김이 나왔다.

'이 섬에 살고 있는 인간일까?'

시오는 다른 곳으로 몸을 돌려 보았으나 조금 전 지구 소녀를 머릿속에서 떨쳐 버릴 수 없었다. 시오는 자신도 모르게 먼발치에서 소녀를 따라 걸었다. 소녀는 알 수 없는 소리를 냈다. 숲을 돌아다니는 바람처럼 소리는 작아졌다가 커졌다가를 반복했다. 한참을 걷던 소녀는 바위에 앉아 옆에 있는 나무에서 빨간 열매를 따서 입에 넣었다. 시오는 그 열매에 달려 있을 미생물들을 생각하자 속이 거북했다. 하지만 소녀는 거리낌 없이 열매를 먹었고, 먹는 내내 입가에 웃음이 번져 있었다.

소녀는 바위에서 일어났다. 그때 진동음이 울렸다. 다른 생명체가 나타났다는 뜻이다. 시오는 긴장했지만, 그 긴장은 곧 어이없이 풀렸다. 소녀 곁으로 크기가 시오의 손바닥만 하고 갈색 털로 뒤덮인 작은 생명체가 다가왔다. 두 눈이 검고 맑았다. 꼬리를 바짝 세우고 서서 열매를 끊임없이 갉아 먹었다. 시오는 생명체의 사진을 찍었다. 다람쥐였다. 소녀가 움직이자 다람쥐는 후닥닥 나무를 타고 올라갔다. 소녀는 아쉬운 표정을 지었다.

다시 한 번 바람이 불었다. 소녀는 바람이 부는 쪽으로 몸을 돌리더니 양팔을 벌렸다. 바람이 소녀의 품으로 와락 달려드는 듯했다. 소녀가 눈을 감고 하늘을 향해 고개를 들자 나뭇가지 틈으로 들어온 몇 가닥의 햇살이 소녀의 몸에 쏟아졌다. 검은 머리카락에서 빛이 흘러나왔다. 눈이 부셨다. 시오의 심장 박동이 점점 빨라지며 손끝이 찌릿했다. 시오는 자신의 양손을 활짝 펼쳤다.

'자꾸 왜 이러지? 환경이 달라져서일까?'

시오는 주먹을 꼭 쥐었다. 손끝의 전기가 팔목을 지나 몸으로 흘러들었다. 시오는 나무 뒤에 몸을 기댄 채 소녀의 흥얼거림을 들었다. 그때 머리 위에서 나뭇가지가 시오의 다리로 뚝 떨어졌다.

"아!"

시오는 고통스러운 소리를 냈다.

"누구 있어요?"

소녀가 주변을 두리번거리며 시오가 있는 쪽으로 점점 다가왔다. 시오는 놀라 얼른 그 자리를 피했다.

9

며칠 후 아침, 시오는 천장에 붙여 놓은 알래스카 지도를 바라보고 있었다. 침대 머리맡에 올려놓은 복합기를 집어 들고 그동안 기록한 것들을 찬찬히 살펴보았다. 며칠 동안 시오와 피아는 알래스카의 여러 곳을 다녔다.

지구에 온 지 두 번째 날, 싯카 섬 항구 쪽을 살폈다. 링컨 스트리트와 토템 광장, 성 미카엘 성당, 셸던 박물관, 국립 역사 공원을 둘러보았다. 마을은 대체로 조용했다. 집 앞에 차들이 세워져 있었지만 길가에 사람은 많지 않았다.

"지금은 추워서 관광객을 보기 어렵지만, 8월에는 세계 각지에서 관광객들이 몰려들곤 해. 크루즈 배를 이용하는데 여기 항구에는 큰 배들이 정박하기 힘들단다. 그래서 멀리 배를 대 놓고 작은 배를 타고 들어오지."

피아는 거리를 걸으며 찬찬히 알려 주었다.

세 번째 날에는 오코넬 다리를 건너 공항으로 갔다. 비행기를 타고 알래스카의 수도인 주노에 가서 사흘을 머물렀다. 주노는 싯카와 전혀 다른 분위기였다. 도시화되어 있고 다국적 기업들의 상점이 즐비했다. 인간들을 많이 보았지만 영혼 물질의 단서가 될 만한 분자 구조는 발견하지 못했다. 이상한 건 그 며칠간 문득문득 숲에서 본 소녀가 떠올랐다는 것이다. 피아는 비행기를 타기 전에 한 번 더 주노를 둘러볼 것을 권했지만 시오는 그만 돌아가자고 했다.

시오는 침대에서 일어나 창문을 활짝 열었다. 차가운 공기가 훅 달려들었다. 눈을 감고 깊이 심호흡을 했다. 어째서 한 번 보았을 뿐인 소녀가 잊히지 않고 머릿속에 머물러 있는지 혼란스러웠다.

시오는 옷을 갈아입고 아래층으로 내려갔다. 피아와 함께 자리에 앉았지만, 음식을 조금 먹다가 말았다. 한 번 더 소녀를 보고 싶었다. 그래야 그날 이후 소녀의 모습이 떨쳐지지 않는 이유를 알 수 있을 것 같았다.

"컨디션은 어떠니?"

"괜찮아요."

"다행이구나. 가 보고 싶은 곳이 있니?"

"아뇨, 오늘은 숲을 둘러봐야겠어요."

시오는 자리에서 일어나 밖으로 나왔다.

시오는 해가 중천에 뜨도록 숲길을 걸었다. 하지만 소녀를 만나지 못했다. 목도 마르고 배도 고팠다. 바위에 걸터앉으니 옆에 빨간 크랜베리가 달린 나무가 보였다. 열매를 입 안에 넣고 미소 짓던 소녀의 모습이 생각났다. 시오는 열매를 따서 한참 만지작거리다가 멀리 던져 버렸다.

일어나 다시 걸었다. 100여 미터를 걷자 진동음이 울렸다. 시오는 주변을 살폈다. 네발 동물이 멀찍이 떨어져 있었다. 머리 양쪽에는 나뭇가지를 닮은 뿔이 솟아 있었다. 순한 눈망울 때문인지 처음 생명체를 접했을 때 같은 두려움은 들지 않았다. 복합기로 확인하니 사슴이었다. 시오는 사슴을 향해 돌을 던졌다. 사슴은 놀라 숲 속으로 달아났다.

시오는 다른 곳으로 발길을 돌렸다. 미세한 진동음이 울렸다. 진동음의 진원지를 찾자 집 한 채가 나타났다. 그 집도 시오가 머무는 곳처럼 하늘색 목조 이층집이었다. 다른 점이라면 집 앞에 사람의 손길이 닿은 듯 신기한 모양을 한, 커다란 나무 기둥 몇 개가 서 있다는 것이었다. 가까이 다가가서 보니 시내에서 보았던 토템폴이었다. 시내에서 보았던 것은 색이 칠해져 있었지만 이 토템폴은 나무 그대로였다. 시오는 집 주변으로 다가갔다. 인기척이 느껴지지 않았다. 창문에는 커튼이 내려져 있어 안이 보이지 않았다. 고요한 바람만 지나다녔다.

시오는 집 뒤쪽으로 발길을 옮겼다. 뒤뜰은 가문비나무가 울창해 다른 곳보다 어두웠다. 그늘이 져서인지 기온도 더 낮은 듯했다. 시오는 옷을 여미고 모퉁이를 돌아섰다. 그 순간 시오의 눈에 소녀가 들어왔다. 소녀는 둥치에 앉아서 나무로 조각을 하고 있었다. 둘의 눈이 마주쳤다. 소녀는 나무 조각을 떨어뜨리고는 황급히 집 안으로 들어가 버렸다.

시오는 뒤돌아 뛰었다. 그러다 중간에 다리에 힘이 풀려 바닥에 주저앉고 말았다. 소녀와 눈이 마주친 찰나, 소녀의 눈동자가 가슴속에 가득 들어찬 듯했다. 시오는 다시 일어나 걸음을 옮겼다. 집 앞에 이르렀지만 가슴이 계속 두근거렸다.

"설마 내가 지구인이 아니라는 걸 알고서 집 안으로 들어가 버린 걸까?"

시오는 자신의 몸을 살폈다. 양다리, 양팔, 얼굴을 손으로 더듬었다. 그대로였다. 그제야 조금 안심이 되었다.

"왔으면 들어가지 왜 그러고 서 있니?"

피아의 목소리가 귓전에 닿았다. 피아는 감자 따위의 식재료를 잔뜩 들고 창고 앞에 서 있었다.

피아가 이른 저녁을 준비하는 동안 시오는 거실을 서성거렸다. 소녀 생각이 떠나지 않았다.

"들어와 저녁 먹어라."

피아가 고개만 내밀고 시오를 불렀다. 둘은 식탁에 마주 앉았다. 역시나 피아 앞에는 지구인의 음식이, 시오 앞에는 정제된 엘리시안의 음식이 차려져 있었다. 시오는 음식을 반쯤 먹다 말고 포크를 내려놓았다.

"궁금한 게 있어요."

피아는 물을 한 모금 마신 뒤 시오를 보았다.

"처음 숲에 간 날 지구 소녀를 봤어요. 오늘은 우연히 그 아이 집 앞까지 가게 되었고요. 그런데 그 애는 절 보자마자 도망가듯 집 안으로 들어가 버렸어요. 제가 지구인이 아닌 걸 알았을까요?"

"타냐를 보았나 보구나. 걱정 마라, 넌 외계 생명체처럼 보이지 않으니."

피아는 짓궂은 웃음을 지었다.

"그 아이의 이름이 타냐인가요?"

"타냐는 너뿐만 아니라 모든 사람을 낯설어해. 처음 날 보고도 그랬어. 지금은 눈인사 정도는 하는 사이지. 작년 이맘땐가? 블루베리 잼을 만들었다며 한 번 가져다주었지. 나쁜 아이 같지는 않더구나."

"타냐는 왜 다른 인간들을 낯설어하죠? 지구 아이들은 학교에 다니던데 타냐는 왜 인적도 없는 이곳에서 살고 있는 거예요?"

피아는 숟가락을 내려놓고 시오의 얼굴을 뚫어져라 보았다.

"나도 잘 모른다."

"어째서요?"

"내가 인간에게 관심을 주고 그들을 알아 가려면 그만큼 내 모습도 보여 줘야 해. 말했잖니, 난 조용히 살고 싶다고. 그래, 말 나온 김에 묻자. 며칠 동안 너는 다른 어떤 것에도 특별히 관심을 두지 않더구나. 그런데 왜 타냐에게만 관심이 많은 거냐?"

"네?"

"네가 찾고 싶은 물질과 관련이 있는 거니?"

피아는 감정 없는 목소리로 물었다.

"아니, 전 그냥……."

피아는 얕은 한숨을 내뱉고는 감자 수프를 떠먹었다. 늘 건조한 표정을 짓는 피아지만, 음식을 먹을 때만큼은 활기가 느껴졌다. 잠시 뒤 피아가 접시를 깨끗이 비우자 시오는 피아의 빈 접시를 가만히 내려다보았다.

"맛있나요?"

"네가 끼적거리고 있는 정제된 식품과는 차원이 다르지."

시오는 피아를 보았다. 주름진 얼굴과 냉소적인 말투, 그럼에도 피아에게는 다양한 표정이 살아 있었다. 보통의 엘리시안과는 확실히 달랐다.

그다음 날 시오는 오후가 되어서야 집을 나섰다. 걷다 보니 또다시 타냐의 집 근처에 이르렀다.

'내가 왜 여기로 온 거지?'

진동음이 느껴졌다. 시오는 생명체를 찾기 위해 주변을 둘러보았다. 몇 미터 앞에 죽은 나무가 쓰러져 있었다. 진동음의 진원지는 그곳이었다. 시오는 멈춰 섰다. 곧 다람쥐가 나타났다. 입 안 가득 열매를 물고는 나무를 타고 올라갔다. 나뭇가지에 앉아 있던 새들이 파란 하늘로 솟구친 뒤 사방으로 날아갔다.

시오는 제자리에서 천천히 한 바퀴를 돌았다. 그때 등 쪽에서 숲을 헤치며 지나가는 소리가 들려왔다. 시오는 복합기를 확인했지만 생명체의 움직임은 표시되지 않았다.

'고장 난 건가?'

시오는 알 수 없는 두려움을 느꼈다. 누군가 자신을 따라오는 듯한 느낌을 받았다. 여길 벗어나고 싶었다. 시오는 뛰기 시작했다. 한참을 뛰다가 나무뿌리에 걸려 넘어지고 말았다. 통증이 밀려왔다. 넘어지며 오른쪽 무릎 아래가 뾰족한 돌덩어리에 부딪쳤는지 바지 위로 붉은 피가 배어 나왔다. 복합기에서 진동음이 울렸다. 일어나고 싶었지만 도저히 다리에 힘을 줄 수 없었다. 통증의 정도로 보아 이십 분은 지나야 세포 재생이 될 듯했다. 시오는 바지를 걷어 올려 상처 난 부위를 보았다.

"괜찮……니?"

청아한 목소리가 시오의 귓가에 닿았다. 시오는 놀라서 몸이 굳어 버린 듯 꼼짝 않고 있었다. 바로 앞에 타냐가 있었다. 타냐는 걱정스러운 눈길로 시오의 다친 다리를 보고 있었다.

"……."

시오는 입술이 달라붙은 듯 말이 나오지 않았다. 긴장되고 떨렸지만 이 기분이 싫지 않았다.

"도와줄게."

타냐는 어깨에 메고 있던 가방에서 하얀 상자를 꺼내 뚜껑을 열었다. 상자 안에는 응급 처치에 필요한 도구들이 정갈하게 놓여 있었다. 시오는 시간이 지나면 저절로 낫는다고 말할 수 없었다. 아니, 그보다 진짜 인간이 옆에 있다는 것이 믿기지 않아 다리의 통증 따위는 잊고 말았다. 시오는 인간의 모습을 찬찬히 살폈다. 긴 속눈썹, 검은 눈동자, 홍조를 띤 볼, 분홍 입술…… 타냐가 숨을 쉴 때마다 입에서 따뜻한 입김이 나왔다. 타냐의 손이 시오의 무릎을 살짝 스치고 지나는 순간 심장이 쿵 내려앉았다. 타냐의 손은 따뜻했다. 상처 난 부위에 소독약이 닿자 너무 따끔해서 시오는 그만 욱 소리를 내고 말았다.

"조금만…… 참아."

타냐는 시선을 시오의 다리에 두고 말했다. 시오는 타냐의 눈을 보았다. 아무것도 담지 않은 듯 투명하고 맑은 눈망울이었다. 하지만 언뜻언뜻 경계의 빛을 띠었다. 시오는 피아가 했던 말이 떠올랐다. 타냐는 사람들을 낯설어한다고. 시오는 자신이 주노에서 온 지구인으로 위장한 만큼 좀 더 자신 있고 편하게 대하는 편이 낫겠다고 생각했다.

타냐는 한두 번 상처를 치료해 본 솜씨가 아닌 것 같았다. 빠른 손놀림으로 붕대를 감는 내내 타냐의 손이 시오의 살에 닿았다. 어머니 테라가 자신을 어루만질 때와는 전혀 다른 느낌이 들었다. 자꾸만 손끝에 힘이 들어가고 심장이 빠르게 뛰었다. 시오는 손끝의 감각이 다른 때와 확연히 달라지는 것을 또다시 느꼈다.

타냐는 구급상자를 가방에 넣은 뒤 등에 메고는 일어났다. 그리고 앉아 있는 시오를 향해 말없이 손을 내밀었다. 그 손을 맞잡은 순간, 시오의 몸으로 강한 전기가 흘러들어 왔다. 시오는 손을 놓고 싶었지만 그랬다가는 뒤로 넘어가 엉덩방아를 찧을 것 같았다. 시오는 자리에서 일어선 뒤 반사적으로 손을 뒤로 숨겼다. 타냐는 시오의 얼굴을 힐끔 보고는 재빨리 몸을 돌렸다.

"네 이름이…… 타냐 맞지?"

타냐는 시오의 목소리를 듣고 뒤를 돌아보았다.

"난 피아 고모의 조카야. 주노에서 왔어. 이누아라고 해."

피아라는 이름을 대자 타냐의 눈빛이 부드러워졌다.

"……"

"우리 마주친 적 있지? 너희 집 뒤뜰에서. 피아 고모에게 네 이야기를 했더니 이름을 알려 줬어."

"응, 기억나."

"지금 나 좀 도와줄 수 있을까? 보다시피 난 다리를 다쳐서 혼자

106

걸을 수 없어. 이 근처에 너희 집이 있잖아. 잠시 쉬었다가 갈 수 있을까?"

타냐는 눈을 내리깔고 시오의 다친 다리를 보았다. 시오는 타냐가 망설이고 있음을 느끼고는 미소를 지어 보이려 애썼다. 자신이 위험한 사람이 아님을 부각해야 한다고 생각했기 때문이다. 타냐는 피아와 몇 번 마주쳤던 일을 떠올렸다. 깊은 대화를 한 적은 없지만 친절하게 웃어 주던 피아의 얼굴이 떠올라 시오에 대한 경계가 서서히 풀어졌다. 타냐는 머뭇거리며 다가와 시오에게 한쪽 어깨를 내어 주었다.

"나한테 기대."

시오는 타냐의 어깨에 손을 얹었다. 자꾸 손이 떨렸다. 하지만 타냐에게 들키고 싶지 않아 손목에 힘을 주었다. 시간이 지날수록 뻐근하던 다리가 풀렸다. 빠른 세포 재생력으로 이제 상처는 깨끗이 나아 있을 것이었다. 그렇다고 사실대로 말할 수는 없어 시오는 계속 아픈 척을 했다. 둘은 말없이 걸었다. 그러다 타냐가 조용히 입을 열었다.

"목마르지 않니? 저쪽에 개울가가 있어. 들렀다 가도 될까?"

시오는 목이 마르지 않았지만 그러자고 말했다. 조금 더 걷자 촬촬 물 흐르는 소리가 들려왔다.

"잠깐, 사슴이 물을 먹고 있어. 조금 있다가 가자."

타냐가 걸음을 멈추고 말했다. 타냐는 시오를 나무 뒤로 데리고 갔다. 나무 뒤에 숨어 조용한 눈길로 개울 쪽을 보았다. 갈색 털을 지닌 사슴이 물을 마시고는 돌아갔다. 시오는 타냐의 행동이 이상했다. 인간인 타냐가 하등한 동물에게 순서를 양보하다니 이해할 수 없었다.

사슴이 사라지자 타냐는 다시 발을 디뎠다. 개울은 맑고 투명해서 바닥이 훤히 들여다보였다. 타냐는 두 손으로 그 물을 떠서 마셨다. 시오는 테라의 숲에 흐르는 물이 없다는 것을 떠올렸다. 물이 있으면 미생물의 번식이 빠르게 진행되기 때문이었다.

'저 물을 그냥 먹다니.'

시오로서는 상상할 수 없는 일이었다.

"마실래?"

타냐가 손등으로 입가를 훔치며 물었다. 시오는 고개를 저으며 괜찮다고 말했다. 시오는 타냐가 야생에서 혼자 고립되어 떠돌아다니는 미아처럼 느껴졌다. 엘리시온 행성에서 배운 인간과는 다른 느낌이 들었다.

타냐는 물속에 손을 넣었다. 손이 벌게지는데도 무엇이 좋은지 빙긋이 웃었다. 물속에는 새끼손가락만 한 생명체가 긴 몸을 움직이며 헤엄치고 있었다. 시오는 뒤에서 조용히 사진을 찍었다. 물고기의 한 종류였다. 피아가 먹었던 음식이 생각났다. 타냐는 양손을 모으고는 물고기가 헤엄치듯 손을 움직였다. 그렇게 즐거워하는 타냐가 시오는 그저 신기했다.

둘은 말없이 숲 속을 걸었다. 시오는 사진 속 일리아의 얼굴이 떠올랐다. 검은 머리카락과 누런 피부색, 검은색 눈동자. 나이는 달랐지만 일리아와 타냐는 서로 닮아 있었다.

'그래서 타냐에게 호기심이 생겼던 걸까?'

시오가 생각에 잠긴 사이 타냐의 집 앞에 이르렀다. 타냐는 가방에서 열쇠를 꺼내 문을 열었다. 시오는 어색해하다 거실 소파에 엉거주춤 앉았다.

"잠깐만. 따뜻한 차를 가져올게."

타냐는 부엌으로 들어갔다. 그동안 시오는 집 안을 살폈다. 피아의 집과 흡사했다. 널찍한 거실에 벽난로가 있고, 벽난로 옆에는 손바닥 크기의 나무 조각품들이 줄지어 서 있었다. 조각품 끝에는 노인의 사진이 있었다. 머리카락과 수염이 하얗게 센 노인이 환하게 웃는 모습이었다. 시오는 노인의 주름진 얼굴을 뜯어보았다.

그런데 부엌 옆방의 문에 자물쇠가 달려 있는 게 보였다. 시오는 문 앞으로 다가가 문고리를 살폈다.

"뭐 해?"

시오는 얼른 문에 등을 기댔다.

"어, 앉아만 있으니 답답해서."

시오는 대충 둘러댔다.

"사진 속 사람은 누구?"

시오가 액자를 보며 물었다.

"짐 할아버지."

"다른 식구는 없어?"

타냐는 고개를 끄덕였다. 그리고 더 이상 이야기를 하고 싶지 않은 듯 굳은 표정을 지으며 김이 올라오는 찻잔 두 개를 탁자에 내려놓았다.

"마시자."

차에서는 과일 향이 났다. 타냐는 차를 한 모금 마신 뒤 창밖을 응시했다.

"겨울이 오고 있어."

타냐는 노래를 부르듯 말했다. 시오도 타냐의 시선을 따라 창밖을 보았다. 두 개의 토템폴이 보였다.

'저건 누가 만들었을까? 혹시 타냐가?'

시오는 이 집 뒤편에서 타냐가 나무를 조각하던 모습이 생각났다. 시오는 피아와 함께 싯카 섬의 시내에 갔을 때 토템폴은 죽은 가족들을 위해 만드는 것이라고 들은 적이 있었다. 그렇다면 밖에 있는 토템폴은 누구를 기억하기 위해 만든 것인지 궁금했다. 참지 못한 시오는 입을 열었다.

"저 커다란 토템폴은 네가 직접 만든 거니?"

타냐는 고개를 끄덕였다. 하지만 더 이상 아무것도 묻지 않기를 바라는 듯 표정이 어두웠다.

"다친 곳은 어때?"

타냐는 시오의 다리를 어루만지며 물었다. 타냐의 손길이 닿자 시오의 양손 끝에 다시 전기 같은 자극이 일었다. 시오는 당황하며 뒤로 물러나 앉았다.

"괜찮아."

타냐와 시오 사이에 어색한 정적이 흘렀다.

"주노는 어떤 곳이야?"

타냐의 눈빛에 궁금함이 가득했다. 시오는 최대한 자연스럽게 말해야 한다고 여겼다.

"사람들도 많고 활기차. 기업이나 큰 시장도 많고 관광객이 넘쳐나지."

타냐는 신기하다는 듯 귀를 기울였다. 시오는 타냐가 자신의 이야기를 믿는 것 같아 다행이라고 생각하면서 타냐의 작은 표정 변화까지 놓치지 않았다. 둘은 긴장을 풀고 이야기를 나누었다. 그러던 사이 시오는 자신도 모르게 손을 올려 타냐의 얼굴을 어루만졌다. 타냐는 갑작스러운 시오의 행동에 숨을 죽였다. 그제야 시오도 정신을 차렸다. 자신의 손을 물끄러미 보다가 주먹을 꽉 쥐었다. 타냐는 자리에서 벌떡 일어났다.

"옷, 옷 좀 갈아입고 올게."

타냐는 2층으로 뛰어 올라갔다. 시오는 이상했다. 새로운 감정을 느낄 때마다 자신의 의지와 상관없이 손이 움직이는 것 같았다. 확실히 손끝에서 이상한 기운이 느껴졌다.

2층으로 올라간 타냐는 시간이 흘러도 내려오지 않았다. 시오가 걱정이 되어 올라가 보려고 하니 무릎 아래를 감싸고 있는 붕대가 거치적댔다. 상처는 이미 깨끗이 아물어 있었다. 시오는 붕대를 풀어 계단 옆 쓰레기통에 버리고 바지를 내렸다.

밖에서 차 소리가 들렸다. 때마침 2층에서 타냐가 내려왔다.

"할아버지가 오셨어."

백발의 노인이 문을 열고 들어왔다. 실제 얼굴은 사진에서보다 주름이 더 깊었다. 짐은 시오를 보더니 인상을 구겼다.

"넌 누구냐?"

짐은 시오를 위아래로 훑어보고는 딱딱한 목소리로 물었다.

"안녕하세요? 전 피아의 조카 이누아입니다."

"이누아가 다리를 다쳐서 제가 치료를 해 줬어요."

타냐가 급히 끼어들었다. 짐은 시오의 다리를 보았다. 다행히 바지에 핏자국이 그대로 남아 있었다. 시오는 짐의 매서운 눈빛을 느꼈다.

"저는 그만 가 보겠습니다."

"걸어갈 수 있겠니?"

시오의 말에 타냐가 걱정스레 물었다.

"응, 많이 좋아졌어."

시오는 절뚝이는 척을 하며 밖으로 나왔다. 시오는 타냐와 헤어지는 것이 아쉬웠다. 뒤돌아보고 싶었지만 그랬다가 괜히 어색한 행동이 나올까 봐 앞만 보고 걸었다.

타냐는 창문에 붙어 선 채 멀어져 가는 시오에게서 눈을 떼지 않았다.

"피아의 조카라. 네가 치료를 해 주었다니 의외구나. 동물한테 느끼는 것처럼 동정심이 들었던 게냐?"

타냐는 몸을 돌려 짐을 보았다. 짐은 심각해 보였다.

"다친 사람을 그냥 지나칠 수 없었던 것뿐이에요. 차를 가져다 드릴게요."

타냐는 부엌으로 들어간 뒤 문에 기대 한참을 서 있었다. 또래 아이와 오늘처럼 오랫동안 함께 있은 적은 처음이었다. 티를 내려 하지 않았지만 이누아와 있는 내내 묘한 긴장감을 느꼈다. 타냐는 눈을 감고 자신의 볼을 지그시 만졌다. 시오의 손이 닿았던 자리에 온기가 아직도 남아 있었다. 타냐는 차를 들고 거실로 나왔다.

"드세요."

"고맙다."

"저는 이만 올라가서 쉴게요."

타냐는 계단을 밟았다. 짐은 소파에 몸을 기대고는 차를 마시며 피아를 생각했다. 짐은 평소에 피아를 탐탁지 않게 여겨 왔다. 혼자 있기를 좋아하는 것처럼 행세했지만 일부러 자신을 피한다고 느껴진 적이 여러 번 있었기 때문이다. 게다가 이 작은 섬에 조카가 느닷없이 방문했다는 것도 이상했다. 짐은 복잡한 마음을 씻어

내고자 뜨거운 물로 샤워를 하려 했다. 옷을 갈아입으러 방으로 들어가려는 순간, 계단 옆 쓰레기통 속에 피 묻은 붕대가 헝클어져 있는 것이 보였다. 짐은 가방에서 밀봉이 가능한 비닐봉지를 꺼냈다. 비닐장갑을 끼고는 피 묻은 붕대를 봉지 안에 넣었다.

시오는 숲으로 들어선 뒤에야 똑바로 걸었다. 걷는 내내 타냐의 볼을 만졌을 때 살아났던 손의 느낌을 생각했다. 집 앞에 도착했을 때는 이미 해가 지고 어둠이 짙어져 있었다. 집 안으로 들어오자 벽난로에서 장작이 타고 있었다. 이상한 냄새가 풍겼지만, 시오는 나무 타는 냄새라 여기고 무심히 넘겼다. 피아는 흔들의자에 앉아 있었다. 멍한 눈길로 타오르는 불길을 바라보는 모습이 무기력해 보였다. 피아는 천천히 시오 쪽으로 고개를 돌렸다.

"하루 종일 뭐 했니?"

시오는 낮에 있었던 일들을 차례로 풀어 놓았다. 피아는 의자에 기댔던 등을 곧추세웠다.

"세, 세상에!"

피아는 기가 막힌다는 듯 말을 더듬었다.

"왜요? 제가 뭘 잘못했나요?"

"너, 그들 앞에서 철저하게 인간처럼 행동했니? 타냐는 몰라도 짐은 조심해야 해. 그는 고생물학자야."

"고……생물학자요?"

"그래, 예민하고 눈치가 빨라. 난 웬만하면 그와는 말을 안 섞는다. 내 조카라고 말했니? 혹시 너에 대해 꼬치꼬치 캐묻는 건 없었어?"

피아는 흥분을 감추지 못하고 쉴 없이 질문을 쏟아 냈다. 시오는 짐의 매서운 눈빛이 떠올랐지만 일단은 피아를 안심시키고 싶었다.

"없었어요. 저는 그 할아버지가 오자마자 바로 나왔어요. 절 의심하는 것 같진 않았어요. 그러니 제발 진정하세요."

"그렇다면…… 다행이구나."

피아는 다시 침착해졌다.

"저녁은 부엌에 차려 놓았다."

"생각 없어요."

시오는 곧장 2층으로 올라갔다.

10

시오는 눈을 뜨자마자 타냐의 집으로 향했다. 집 주변을 배회하며 살폈다. 커튼에 반쯤 가려진 창문으로 타냐가 언뜻언뜻 보였다. 타냐의 모습을 확인하자 가슴이 두근거리고 손끝이 떨렸다. 시오는 떨리는 손을 심장에 얹으며 자신에게 무슨 일이 일어나고 있음을 직감했다.

그때 숲 뒤쪽에서 바람을 가르는 소리가 났다. 시오는 재빨리 몸을 돌렸다. 나무 사이로 검은 그림자가 빠르게 지나갔다. 그곳으로 달려가 보았지만 아무것도 없었다. 시오는 어제처럼 또다시 누군가에게 쫓기는 듯한 기분에 사로잡혔다. 그러나 생명체의 움직임 같은 게 있어도 복합기에서는 아무런 진동이 없었다.

타냐의 집 현관문이 열리고 짐이 나왔다. 두꺼운 바지와 털 점퍼를 입고 커다란 가방을 둘러메고 있었다. 시오는 들키지 않게 나무 뒤로 걸음을 옮겨 가며 짐을 살폈다. 어제 자신을 바라보던 불편한 눈빛이 생각났다.

짐은 집 뒤쪽에 있는 차로 이동했다. 시오는 그 틈을 타 집 앞으로 왔다. 창문에 얼굴을 가까이 댄 순간 타냐와 눈이 마주쳤다. 유리창을 사이에 두고 둘의 얼굴이 거의 밀착되었다. 둘은 동시에 창문에서 얼굴을 뗐다. 시오는 볼이 화끈거렸다.

잠시 뒤 문이 열리며 타냐가 나왔다. 타냐의 옷차림도 짐과 비슷했다.

"이누아, 아침 일찍 무슨 일이야?"

타냐는 환한 얼굴로 물었다.

"눈을 뜨자마자 네 생각이 났어. 그래서…….

"타냐, 왜 안 오니? 어서 출발하자."

짐이 다시 나타났다. 시오를 보자 짐의 미간 주름이 깊어졌다.

"할아버지와 배를 타고 퀸샬럿 제도에 가기로 했어."

"퀸샬럿 제도?"

시오는 지도를 떠올렸다. 퀸샬럿 제도는 알래스카 남동해의 끝에 있는 곳이었다. 그곳에 가기 위해서는 배를 타고 바다를 건너 남쪽으로 더 내려가야 한다. 바다를 생각하자 시오는 가슴이 두근거렸다. 엘리시온에는 물의 물질 소유자가 만든 인공 바다만이 있었다. 진짜 바다 위에서 배를 타 보고 싶었다. 그리고 무엇보다 타냐와 함께라면 어디든 좋았다.

"저, 저도 같이 가면 안 될까요?"

시오는 짐에게 물었다.

"흠, 좋아."

짐은 잠시 고민했으나 결국 허락의 말을 던지고 뒤돌아섰다. 시오와 타냐는 짐을 따라나섰다.

셋은 해안가에 있는 항구에 도착했다. 항구 근처에는 몇몇 사람들만이 오갔다. 시오는 짙은 푸른색의 바다를 넋 놓고 바라보았다.

"어서 타요. 곧 출발할 겁니다."

선장의 말에 셋은 배에 올라탔다. 막상 배 위에 오르자 시오는 깊은 바다의 존재를 감당하기가 버거웠다. 짙고 푸른 물결이 끊임없이 출렁여서 속이 울렁거렸다. 갑자기 돌고래들이 배를 따라 헤엄쳐 왔다. 돌고래들은 수면 위로 솟아올랐다가 출렁 소리를 내며 사라졌다. 마치 괴물을 본 것 같았다.

"으악!"

시오는 자신도 모르게 소리를 질렀다. 타냐는 배를 잡고 웃었다.

"돌고래들은 원래 배를 따라와. 자기들하고 경주하는 줄 알거든."

시오는 무안해서 견딜 수가 없었다. 최대한 자연스럽게 행동해야 하는데 이런 상황에서는 어떻게 해야 하는지 알 수가 없었다. 시오는 짐의 눈치를 살폈다. 짐은 여전히 딱딱한 표정을 짓고 있었다.

시오는 끝도 없이 이어진 망망대해를 바라보았다. 바닷속에는 수천 종의 생물이 살고 있다고 했다. 시오는 강한 호기심이 일었지만 섣불리 질문을 던질 수는 없었다.

어느덧 섬에 도착했다. 셋은 배에서 내렸다.

"세 시간 뒤에 다시 출발할 거요."

선장은 뱃머리에 앉아 투박한 말투로 말했다.

짐은 커다란 가방을 둘러메고 앞으로 나섰다. 셋은 사람 사는 마을에서 멀리 떨어진 작은 만에 이르렀다. 바닷가 근처에 오래된 나무 기둥이 서 있었다. 타냐는 그곳으로 향했다. 시오가 따라나서려 하자 짐이 시오를 가로막았다.

"혼자 있게 놔둬라."

시오는 짐의 위엄 어린 말에 주춤거리며 멀리서 타냐를 바라보았다. 타냐는 토템폴을 어루만지며 혼자만의 시간을 보냈다.

"이런 데 왜 토템폴이 있는 거죠?"

"타냐가 만든 거야. 여기 올 때마다 틈틈이. 물론 나도 도와주기는 했지만, 나무에 조각을 새긴 건 타냐야."

"왜요?"

"원래 이곳에는 오래된 토템폴들이 있었어. 큰까마귀, 늑대, 흰

머리독수리, 고래, 회색곰 등이 나무에 새겨져 있었지. 나무 기둥은 우람했지만 세월을 이길 수는 없었다. 이십여 년 전에 사라졌지. 그걸 타냐가 오랜 시간을 들여서 다시 만든 거야."

"전에 있었던 토템폴들은 누가 만든 건데요?"

"아주 오래전에는 북아메리카와 유라시아가 땅으로 이어져 있었다. 인디언의 첫 번째 조상은 마지막 빙하기가 막을 내릴 때쯤 아시아 북방에서 알래스카로 건너왔지. 그중에는 알래스카 남동 해안선에 머무른 사람도 있었어. 그들이 클링킷 족과 하이다 족이야. 토템폴을 만든."

짐이 돌아섰다. 시오는 짐의 말을 곱씹었다.

'큰까마귀, 늑대, 흰머리독수리?'

시오는 다시 토템폴로 시선을 돌렸다. 왜 저곳에 동물의 형상을 만들어 놓았는지 이해가 되지 않았다. 그사이 타냐가 시오에게 다가왔다. 타냐는 낯선 얼굴을 하고 있었다. 그 모습이 슬퍼 보이기도 하고 기뻐 보이기도 했다. 시오는 궁금했던 것을 타냐에게 물었다. 타냐는 나지막이 말을 시작했다.

"아주 오랜 옛날, 우리는 동물과 형제라고 여겼어. 나무 기둥에 살아 있는 동물들을 조각해 놓으면 그들이 우리를 지켜 준다고 믿었고, 사냥을 해서 그들이 준 살과 피를 먹고 그들이 준 가죽을 입으면 하나가 된다고 생각했어. 인간에게만 영혼이 있는 게 아니라 자연의 모든 생명에 깃들어 있다고 믿었어."

'영혼? 타냐가 지금 영혼이라고 말했어.'

시오는 진지한 눈길로 타냐를 보았다. 토템폴을 바라보는 타냐의 눈빛에 경이로움이 차 있었다. 하지만 시오가 보기에는 그저 나무일 뿐, 그 이상도 그 이하도 아니었다. 저곳에는 눈에 보이지 않지만 수많은 박테리아와 미생물이 살고 있다. 저런 나무에 동물 형상을 입히고 형제라고 믿다니. 시오는 동물이 인간보다 못한 존재라고 알고 있었기에 타냐의 설명을 받아들이기 힘들었다. 하지만 중요한 것은 타냐가 지금 영혼에 대해 이야기했다는 사실이다.

'타냐는 영혼에 대해 알고 있는 것일까? 동물의 영혼을 알면 인간의 영혼도 알게 되지 않을까? 동물과 인간의 영혼은 어떻게 다른 것일까?'

바다에서 바람이 불어왔다. 바람은 토템폴을 훑고 숲 속으로 들어갔다. 얕은 숨소리처럼 바람 소리가 잠잠해졌다. 시오는 테라의 숲에서 느껴 보지 못한 낯설고도 아련한 이 느낌이 어디에서 시작되는지 궁금했다.

"그만 가자."

멀리서 짐이 손짓을 했다.

시오는 주변을 둘러보며 타냐와 짐을 따라 숲 속으로 들어갔다. 물가가 나타났다. 타냐는 손으로 물을 떠서 입을 축였다.

"너희들은 여기 있으렴, 난 주변을 살피고 올 테니."

짐의 말에 타냐가 그러겠다고 대답했다. 짐은 나무 사이로 걸어

들어갔다.

탕!

갑자기 굉음이 울렸다. 타냐와 시오는 놀라서 주변을 두리번거렸다.

"총소리야."

타냐가 걱정스러운 표정을 지었다.

"곰 사냥꾼들이 있는 것 같아."

곰이라면 토템폴에 새겨진 동물 중 하나였다. 시오는 무슨 일이 벌어진 것인지 알 수 없어 어리둥절했다.

"곰을 사냥한다는 거야?"

"응, 저렇게 잡아 대다가는 더 이상 이 숲에서 곰을 못 볼 수도 있어."

엘리시온에는 동물이 존재하지 않는다. 그래도 아무 불편함이 없다. 곰이 사라진다 해서 해가 될 것이 무엇인지 시오는 아무리 생각해도 알 수 없었다. 그 순간, 개울가에서 조금 떨어진 곳에서 날쌘 움직임이 일었다.

"뭐지?"

시오는 숲 쪽으로 고개를 돌리며 물었다.

"동물일 거야."

"……"

"토끼, 다람쥐, 사슴, 무스……. 이 숲의 주인들이야."

숲은 다시 아무 일 없다는 듯 조용해졌다.

"할아버지가 왜 오시지 않을까?"

타냐가 초조한 듯 말했다.

"할아버지를 찾아봐야겠어. 넌 여기서 기다려."

타냐는 막무가내로 뛰기 시작했다.

홀로 숲에 남게 된 시오는 잔잔한 수면을 내려다보았다. 작은 물고기가 보였다. 물속에 손을 담갔다. 차가웠지만 부드럽게 손을 스쳐 지나가는 물살의 촉감이 기분 좋았다. 며칠 전, 타냐가 했던 것처럼 두 손을 모아 이리저리 움직이다가 손을 뺐다. 물기를 옷에 문질러 닦은 뒤 얼얼한 손을 가만히 들여다보았다.

시간이 지나도 타냐와 짐, 누구도 돌아올 기미가 없었다. 그때 숲 안쪽에서 바스락거리는 소리가 들려왔다. 시오는 타냐인가 싶어 그쪽으로 이동했다.

시오는 점점 깊이 들어갔다. 사방이 조용해서인지 나뭇잎 밟히는 소리가 도드라졌다. 이따금 으르렁대는 소리가 들렸지만 타냐와 짐은 아닌 듯했다. 그러다 길게 늘어진 나뭇가지를 양쪽으로 걷어 낸 순간, 검은 털이 수북한 생명체가 눈앞에 불쑥 나타났다. 시오는 놀라 뒤로 물러서며 생명체를 살폈다. 생명체는 힘을 잃은 듯 그 자리에 웅크리고 있었다. 어린 곰이었다.

시오는 용기를 내서 가까이 다가갔다. 비릿한 냄새가 나고 나뭇잎 위에 붉은 액체가 떨어져 있었다. 피였다. 곰은 까맣고 투명한 눈으로 시오를 쳐다보며 으르렁거렸다. 하지만 이내 힘없이 고개를 떨궜다. 곰의 눈동자가 촉촉이 젖어 들고 있었다. 왠지 모르게 가슴 한편이 아려 와 시오는 가슴에 손을 올리고 움켜쥐었다. 곰은 쌕쌕거리며 거칠게 숨을 몰아쉬었다. 상처가 심해 고통스러워하는 것 같았다. 그 순간 또다시 진동음이 울렸다.

　시오는 두려운 마음으로 주변을 살핀 뒤 재빨리 나무 뒤로 숨었다. 진동음이 점점 세졌다. 수풀 너머에서 나무가 으스러지는 소리가 들려왔다. 불현듯 큰 곰이 나타났다. 곰은 쓰러져 있던 새끼 곰에게 가서 코를 대고 냄새를 맡았다. 혀로 피를 닦아 주었다. 어미 곰은 새끼 곰을 아련한 눈길로 바라보았다. 시오는 그 눈빛에 매료되어 저도 모르게 한 발짝 다가섰다. 그 순간 곰이 시오를 보았다. 곰은 으르렁으르렁 거친 소리를 내며 두 발로 일어서더니 화가 난 듯 앞발을 마구 휘둘렀다. 허공을 가르는 발톱은 길고 날카로웠다. 시오는 공포에 사로잡혔다. 심장이 몸을 뚫고 밖으로 튀어나올 것만 같았다. 곰은 시오에게 무섭게 다가왔다. 가만히 있다가는 큰일이 날 것 같았다. 시오는 이곳을 벗어나려 몸을 돌렸다.

　"움직이지 마라!"

　짐의 목소리가 들렸다. 핑, 소리와 함께 긴 바늘이 곰의 다리에 꽂혔다. 곰은 몸을 비틀더니 그 자리에 쓰러졌다. 쿵 하고 숲이 흔들렸다. 시오는 갑자기 다리에 힘이 풀려서 자리에 푹석 주저앉고 말았다. 타냐가 시오 곁으로 뛰어왔다.

"이누아, 괜찮아?"

그사이 짐은 새끼 곰에게 다가가 상처 난 다리에 약을 발라 주었다.

"새끼 곰은 괜찮아요?"

타냐가 목소리를 높여 물었다.

"아직 살아 있어. 다행히 총알이 다리를 스치기만 했구나."

짐의 이야기를 듣고서야 타냐는 안심한 표정이 되었다.

"할아버지를 만나 핏자국을 따라온 거야. 사냥꾼의 짓이야. 그래서 단단히 화가 난 어미 곰이 널 위협한 거야. 조금만 늦었어도 큰일 날 뻔했어."

타냐가 말했다.

"어, 어미 곰은 죽은 거야?"

시오는 떨리는 목소리로 물었다.

"아냐, 마취제를 놓은 거라서 한 시간 뒤에 깨어날 거야."

"뭐? 저런 곰을 살려 두다니! 날 죽이려 했어. 살려 두면 또다시 인간을 공격할 거야! 절대 살려 둬선 안 돼!"

시오가 목소리를 높였다.

"맞아, 우린 언제라도 곰에게 공격받을 수 있어. 그렇다고 곰을 죽일 수는 없어. 곰과 동물들도 숲의 주인이야. 네가 곰의 땅에 들어온 거라고. 어미 곰은 새끼 곰이 다쳐서 더 화가 난 거야."

타냐는 작지만 곧은 목소리로 말했다.

'숲이 곰과 동물들의 땅이라고?'

시오는 왜 인간이 하잘것없는 동물들에게 쩔쩔매는지 이해가
되지 않았다. 저런 잔인한 동물들을 모두 없앤 뒤 이곳을 인간의
땅으로 만들면 되지 않느냐고 말하고 싶었다. 그러나 시오가 입 밖
으로 말을 던지기 전에 타냐는 짐에게 달려갔다.

"괜찮겠어요?"

타냐는 새끼 곰을 쓰다듬으며 물었다.

"치료를 했으니 괜찮아질 거야. 상처가 깊지 않아 다행이다."

짐은 일어나 시오를 보았다.

"오늘은 그만 가자."

시오는 엉덩이를 털고 일어났다. 그리고 타냐와 짐을 멀찍이서
뒤따라 걸었다.

배가 있는 곳으로 이동하는 내내 시오는 이상한 기분이 들었다.
누군가 자신을 쫓고 있는 듯했다. 공격적인 동물이 어디선가 불쑥
튀어나올 것만 같아 주변을 둘러보았다.

"이누아! 어서 서둘러라!"

앞서 있던 짐이 시오를 불렀다. 시오는 뛰기 시작했다.

항구에 이르러 배에 올라타니 태양이 서쪽으로 기울고 있었다.
시오는 끝없이 펼쳐진 망망대해를 넌지시 바라보았다. 바닷물이
출렁이며 수면 위로 포말이 생겼다가 사라졌다. 거대하고 웅장한
지구에 살고 있는 생명체들이 시오의 머릿속을 헤집고 다녔다. 그

안에는 부드러움과 공포, 따뜻함과 두려움이 한데 섞여 있었다. 하지만 지금 이 순간은 공포만이 가득했다. 시오는 바다를 내려다보았다.

"그러고 있으면 위험하다. 물에 빠질 수도 있어."

짐의 소리에 시오는 몸을 바로 세웠다. 타냐는 피곤한지 고개를 숙인 채 얕은 잠에 빠져 있었다. 그 모습을 확인한 짐이 시오 곁에 붙어 앉았다.

"피아가 네 고모라고?"

짐이 은근히 질문을 던졌다. 시오는 고개를 끄덕였다.

"네 부모님은 뭘 하시냐?"

"주노에서 관광업을 하세요."

"그런데 왜 너 혼자 여기 온 거냐?"

"아버지, 어머니가 한 달 동안 여행을 가셔서요."

"전에도 왔었니?"

"아뇨, 처음이에요."

"고모네 집인데 처음 와 봤다는 거야?"

"사실 고모와 아버지는 남매이긴 하지만 친하지 않아요. 고모는 사람들과 어울리기를 좋아하지 않아서 혼자 지내는 거거든요. 그래서 저도 여기 올 기회가 별로 없었어요."

"……."

시오는 짐을 경계하라는 피아의 말이 생각나 눈을 감고 조는 척을 했다. 다행히 짐은 더 이상 어떤 말도 걸지 않았다. 생각에 잠긴 듯한 눈길로 멀리 수평선을 바라볼 뿐이었다.

싯카 섬에 도착한 시오는 짐과 타냐와 헤어져 집으로 향했다. 걷는 중에 타냐가 말한 동물의 영혼 이야기가 자꾸만 생각났다. 어느새 어둠이 내려앉았다. 밤이 되면 숲은 정말로 동물들의 보금자리가 되는 듯했다.

현관문 앞에서 희미한 불빛이 서성거렸다. 빛은 시오의 얼굴을 비추었다. 시오는 눈이 부셔 손으로 빛을 막았다.

"시오? 도대체 이 시간까지 무엇을 한 거니?"

피아는 날 선 목소리로 물었다.

"들어가서 이야기해요."

시오는 지친 목소리로 말했다.

시오와 피아는 벽난로 앞에 마주 앉았다. 피아는 시오의 눈빛에서 혼란스러움을 느꼈다.

"무슨 일이 있었던 거니?"

"짐과 타냐와 퀸샬럿 제도에 다녀왔어요."

"뭐? 그렇게 먼 곳까지? 별다른 일은 없었니?"

"예. 그보다 타냐가 오늘 이상한 이야기를 했어요. 동물들에게도 영혼이 있다고요."

"……"

피아는 고개를 끄덕이더니 입을 다물고 시오를 보았다. 시오는 피아가 아무 반응이 없자 열을 내서 말하기 시작했다.

"영혼은 인간에게만 있는 것 아닌가요? 인간만이 지구에서 완벽한 생명체잖아요."

시오는 피아 곁으로 바짝 다가갔다. 피아는 호기심과 열망과 혼란이 가득한 시오의 눈빛을 보았다.

"네가 소유하고 싶은 게 인간의 영혼이니?"

시오는 말문이 막혔다. 피아에게서 떨어져 앉았다.

"맞구나. 왜 하필…… 영혼이지?"

"영혼이 있다면 0.0001퍼센트의 간격을 좁혀 엘리시안도 완벽한 인간이 될 수 있을지 몰라요. 그럼 인간의 유전 물질을 충전받지 않아도 된다고요. 그리고 어쩌면 저는…… 수장님에 버금가는 엘리시온 행성의 최고 물질 소유자가 될 테고요."

느닷없는 시오의 고백을 들은 피아의 얼굴이 조금씩 일그러졌다. 갑자기 코웃음을 치더니 무엇이 재미있는지 입을 크게 벌리고 웃어 댔다. 시오는 피아가 자신을 비웃는 것 같아 기분이 나빴다.

"그만 올라가라."

피아가 일어났다.

"잠시만요!"

시오는 피아 앞을 막아섰다.

"당신, 왜 날 무시하는 거죠? 당신은 이상해요. 처음부터 엘리시안 같지 않았어요. 지구에 있는 요원들은 다 당신 같나요?"

"너야말로 나한테 왜 이러니? 네가 뭐라고 그런 말을 지껄이는 거냐?"

"절 비웃었잖아요."

"내가 보기에 넌 너무 순진해. 인간의 영혼? 정말 네가 영혼 소유자가 될 수 있다고 믿는 거니?"

시오는 피아의 말을 듣자 테라와 라돈 생각이 났다. 그들 역시 피아와 비슷한 말을 했다. 허망한 꿈을 좇는 어린애를 대하듯 자신을 말리려 들었다.

"당신은 제가 모르는 무엇인가를 알고 있어요. 당신은 동물들에게 영혼이 있다는 말을 의심하지 않았어요. 당신이 알고 있는 걸 말해 주세요."

"내가 왜? 이것만은 알아 둬라, 인간은 완벽한 존재가 아니라는 것을."

피아는 시오를 옆으로 밀친 뒤 방으로 들어가 버렸다. 시오는 꽉 닫힌 피아의 방문을 바라보았다. 피아는 엘리시안에게는 없는 독특한 분위기가 있었다. 시오는 지금 그 이유를 알았다. 그녀는 비관적이다. 인간을 향한 열망도 없다. 수장을 향한 경외심이나 엘리시안으로서의 자부심도 없다.

시오는 오기가 생겼다. 한 번의 탐사로는 무리겠지만, 영혼 물질의 실마리만은 찾고 싶었다. 그러려면 이곳이 시작점이라고 생각했다. 일리아가 그렇게 믿었던 것처럼. 그리고 숲에 대해 가장 많이 알고 있는 인간은 바로 타냐였다.

그때 밖에서 둥둥둥 하는 소리가 들려왔다. 시오는 창밖을 내다보았다. 아주 먼 곳에서 들려오는 소리 같았다.

11

아침 식사를 마친 시오는 부엌에서 그릇 정리를 하고 있었다.

쿵쿵쿵.

밖에서 문 두드리는 소리가 들려왔다. 거실에 있던 피아는 찾아올 사람이 없는데 이상하다고 생각하며 문을 열었다.

"안녕하세요, 피아 아줌마?"

햇살을 등지고 선 타냐가 수줍게 말했다.

"타냐, 네가 어쩐 일이니?"

"이누아를 만나러 왔어요. 블루베리를 따러 가려고 하는데 이누아와 함께 가고 싶어서요."

부엌에서 타냐의 목소리를 들은 시오가 거실로 뛰어나왔다. 시오와 타냐의 눈이 마주쳤다.

"좋아, 함께 갔다 오렴. 이누아, 가방을 줄 테니 너도 블루베리를 많이 따 오너라."

피아는 벽에 걸려 있던 배낭을 시오 앞에 놓았다.

"알았어요. 잠시만 기다려, 타냐."

시오는 2층으로 올라가 두꺼운 외투를 입고 내려왔다.

"다녀올게요."

흥분을 감추지 못한 시오는 가방을 한쪽 어깨에 메고 타냐와 밖으로 나섰다.

피아는 창문을 통해 숲으로 들어가는 시오와 타냐를 하염없이 바라보았다.

시오와 타냐는 나란히 걸었다. 타냐는 퀸샬럿 제도에서 돌아오는 내내 시오의 표정이 좋지 않았던 것이 마음에 걸렸다. 타냐는 슬며시 시오의 손을 잡았다. 짜릿한 감정이 서서히 편안함으로 바뀌었다.

"아침에 일어났는데 네가 가장 먼저 생각났어."

타냐의 목소리는 바람처럼 자유로웠다. 시오는 멈춰 서서 타냐의 얼굴을 보았다. 한 번도 느껴 본 적 없는 통증이 손끝에서부터 온몸을 타고 올라와 심장을 감싸 안았다. 그 통증은 오히려 기분을 좋게 했다. 시오는 자신의 솔직한 감정을 어떻게 전해야 할지 알지 못했다. 그저 타냐의 손을 꼭 잡을 뿐이었다. 타냐는 손으로 전해진 온기로 시오와 자신의 마음이 같다는 것을 느낄 수 있었다. 타냐가 빙긋 웃으며 하늘을 쳐다보았다. 시린 바람이 옷 틈으로 비집고 들어왔다. 둘은 옷을 여몄다.

"추울 땐 뛰는 게 최고야."

타냐는 바람이 부는 방향을 따라 달리기 시작했다. 창공을 가르는 한 마리 새처럼 혹은 너른 풀밭을 달리는 무스처럼 자유롭게 뛰었다. 타냐는 뒤돌아서서 외쳤다.

"이누아! 달려 봐. 가슴이 뻥 뚫리는 것 같아."

타냐는 거친 숨을 몰아쉬며 말했다. 시오도 달리기 시작했다. 양팔을 앞뒤로 빠르게 휘저었다. 달릴수록 가슴이 뜨거워졌다. 심장이 터질 것 같았다. 시오는 고개를 들고 하늘을 보았다. 서서히 안개가 걷히고 있었다. 빽빽한 나무들 사이로 파란 하늘이 보였다. 가지 사이로 빛이 쏟아져 내렸다. 시오는 부신 빛 때문에 눈썹을 찡그렸다. 양손을 들고 손가락을 활짝 폈다. 열 개의 손가락이 빛과 바람과 공기를 빨아들이는 것 같았다. 울창한 가문비나무 숲을 지나자 드넓은 공간이 나타났다. 낙엽이 수북이 쌓여 있었다. 타냐는 낙엽 위에 벌러덩 누웠다. 시오도 타냐 옆에 누웠다. 둘은 거친 숨을 거둬들였다. 땀이 식자 몸이 떨렸다.

"저쪽에 가면 블루베리가 많아."

타냐는 일어나 시오의 손을 잡고 일으켜 세웠다.

가방에 블루베리를 가득 채우고 나서야 시오와 타냐는 집으로 향했다. 시오는 타냐와 오랫동안 함께 있고 싶었다. 이유는 여러 가지였는데, 그중 하나는 타냐를 통해 영혼에 대해 더 많이 알고 싶어서였다.

타냐는 집에 들어오자마자 벽난로에 불을 피웠다.

"도와줄게."

시오는 타냐 곁으로 다가갔다. 난로 옆에 쌓여 있는 나무를 벽난로 속에 집어넣었다. 연기 때문에 눈이 매웠다. 유전자 변형이 올까 봐 불안했지만, 배에 있는 칩을 생각하며 걱정을 가라앉혔다. 난롯불이 거실의 공기를 덥혀 주자 시오와 타냐의 마음도 차분해졌다. 시오는 창밖에 서 있는 토템폴을 보며 퀸샬럿 제도에서 보았던 토템폴들과 타냐가 말했던 영혼을 떠올렸다.

"궁금한 게 있어. 어제 넌 동물과 인간이 형제라고 했잖아. 동물의 영혼에 대해서도 이야기했고. 난 영혼은 인간에게만 있다고 생각해 왔거든."

"하지만 인간도 동물이야. 인간에게 영혼이 있다면 당연히 동물에게도 영혼이 있겠지. 난 그들의 영혼을 만날 수 있어."

난롯불 그림자가 타냐의 볼에서 일렁였다. 타냐의 눈빛은 그 불빛보다 강렬했다.

"동물의 영혼을 만난다고? 어디에서?"

시오가 놀라 물었다.

"다른 세계에서."

"다른 세계는 어디 있는 거지? 나도 갈 수 있는 곳이야?"

타냐는 고개를 가로저었다.

"너만 갈 수 있다는 거야?"

타냐는 고개를 끄덕였다.

"그럼 진짜 영혼이 인간에게만 있는 게 아니란 말이야?"

타냐는 알 듯 모를 듯한 표정을 짓고는 시오의 손목을 잡았다. 타냐는 시오를 데리고 부엌 옆의 자물쇠가 달린 문 앞에 섰다. 그리고 문 옆의 장식용 항아리에서 열쇠를 꺼내 자물쇠를 풀었다. 문을 열자 지하로 내려가는 계단이 나타났다. 타냐가 앞장서서 계단을 내려갔고 시오는 뒤를 따랐다.

아래로 내려와 스위치를 누르자 안이 환해졌다. 시오는 놀란 눈으로 주위를 둘러보았다. 벽에는 그림과 사진이 걸려 있고 책장에는 책들이 빼곡히 꽂혀 있었다. 한쪽 벽면에는 출처를 알 수 없는 돌들과 인간의 것이 아닌 뼈들의 모형이 늘어서 있었다. 시오는 그 모든 것을 놓치지 않으려는 듯 자세히 살폈다.

"혼자 있을 때 가끔 여기에서 시간을 보내. 지구의 오래된 시간이 느껴지거든."

타냐의 목소리는 묵직했다. 시오는 엘리시온에서 배운 지구의 역사를 기억해 냈다. 수십억 년 동안 지구에는 수많은 생명들이 나타났다가 사라졌다. 그 긴 시간의 기억이 이 좁은 공간에 담겨 있다니 믿을 수 없었다.

"책과 돌, 뼈밖에 없는 곳에서 어떻게 시간을 느낄 수 있단 말이야?"

"물리적인 시간을 말하는 게 아냐."

타냐는 구석에 있는 돌 쪽으로 다가갔다. 돌 속에는 무늬가 있었다. 그것은 화석이었다.

"이건 이야기 돌이야. 수십억 년 전에 살았던 생명체가 이 안에 있어. 이 돌을 보고 있으면 생명의 이야기가 들려오는 것만 같아."

시오는 돌에 새겨진 무늬를 보았다. 구불구불한 벌레 무늬와 나뭇잎, 조개, 동물의 뼈 모양이 돌 안에 박혀 있었다. 시오는 타냐가 말한 생명의 이야기가 무엇인지 도무지 알 수 없었다. 그나마 익숙한 책들 쪽으로 시선을 돌렸다. 시오는 수십 권의 책 가운데 한 권을 뽑아 들었다.

"읽어도 돼?"

시오의 물음에 타냐는 고개를 끄덕였다. 시오는 책장을 넘겼다. 시오도 알고 있는 인간의 유전자 그림이 나왔다.

수십억 년 동안 DNA는 끊임없이 복제되어 왔다. 지구에는 수많은 동물이 있었지만, 모든 생물의 DNA 복제가 언제나 완벽하지는 않았다. 우연히 벌어진 실수나 방사선, 자외선 때문에 DNA의 배열은 변화했다. 돌연변이는 진화의 중요한 요소이며, 진화란 시행착오의 연속과도 같다. 만일 최초의 생명부터 지금까지 줄곧 정확한 DNA의 복제만이 이루어졌다면 생물은 지금처럼 다양하게 분화되지 못했을 것이다. 인간 역시 그렇게 생겨나 복제되어 온 생명체다.

흥미를 느낀 시오가 또 다른 책을 꺼내 펼쳤더니 한 장의 사진이 눈에 들어왔다. 지구의 표면이 지금처럼 오대양 육대주의 모습이 아니라 하나의 거대한 대지로 이어져 있었다. 지구는 계속 달라져 왔고 지금도 변화하고 있다고 쓰여 있었다. 시오는 책장을 넘겼다. '아틀란티스 제국'이라는 말이 나타났다. 시오는 그 제국에 대해서 읽어 나갔다.

고대 철학자 플라톤은 자신이 살던 시대보다 구천 년 앞서 아주 강력한 고대 국가가 있었다고 했다. 완벽한 이상 국가였지만 큰 규모의 지진과 해일이 일어나, 하룻밤 사이에 바닷속으로 가라앉아 버렸다고. 섬과 유적들이 수면 바로 아래로 가라앉았기 때문에 그 지역은 배로 항해하기가 불가능하다고 했다. 아직까지 그 존재 여부를 두고 많은 논란이 있지만 현실성이 없다고 단정할 수는 없다.

시오는 거대한 제국이 지진과 해일로 하룻밤 사이에 물에 잠겼다는 것이 믿기지 않았다.

시오는 또 다른 책을 꺼냈다. 눈에 띄는 사진이 있었다. 여성의 배 속에 있는 태아 사진이었다. 정자와 난자의 수정에서부터 착상, 그리고 4주, 8주, 12주를 거쳐 총 40주 280일 동안 성장하는 태아의 모습이 담겨 있었다.

시오의 눈길은 아기의 배 가운데에 있는 탯줄에 머물렀다. 탯줄을 자르면 그 자리가 배꼽이 된다는 것을 시오도 알고 있었다. 배꼽은 인간이 어머니의 배 속에서 자라났다는 중요한 상징인 셈이다. 시오는 슬며시 자신의 배에 손을 얹었다. 그곳에는 배꼽이 아닌 유전 물질 흡수 칩이 있었다.

'엘리시안은 왜 배꼽 대신 칩이 있는 것일까.'

시오의 궁금증은 점점 깊어졌다.

방 안을 맴돌던 타냐가 조용히 시오의 옆으로 다가왔다. 타냐는 태아의 사진을 어루만졌다. 시오가 타냐를 바라보자 타냐는 조용히 입을 열었다.

"배 속에서 백 일 정도 된 아기의 사진이야. 물고기를 닮지 않았니? 태아는 바다 같은 물속에 있어. 처음에 태아는 짚신벌레 같은 단세포 생물과 비슷해. 그러다가 아가미가 달린 물고기 모양으로 바뀌고 파충류가 되고 포유류가 되는 거야. 즉 어머니의 배 속에서 태곳적부터 지구에 존재해 온 생명들의 영혼을 거치며 자라나는 거지. 그러다 땅이 흔들리는, 우주가 폭발하는 고통이 다가와 좁은 길이 열리면 비로소 세상으로 나오는 거야. 그게 바로 인간이야.

나뿐만 아니라 모든 인간이 그렇다고 믿고 있어. 난 내 안에, 또 다른 사람들의 몸 안에 모든 동물의 영혼이 숨쉬고 있다는 것을 느낄 수 있어.”

시오는 다시금 태아의 사진을 찬찬히 살폈다.

“어떻게 하면 그걸 느낄 수 있어? 네가 말한 다른 세계에 가면? 난 왜 그곳에 갈 수 없지?”

“감각을 잃어버렸으니까. 너뿐만 아니라 많은 사람들이 그래.”

“넌 잃지 않았다는 거야?”

타냐는 고개를 끄덕였다.

“하지만 보여 줄 수는 있어, 내가 그들의 세계에 들어가는 모습을.”

“보고 싶어.”

“나한테 두려움을 느낄지도 몰라.”

“아니, 그러지 않을 거야.”

타냐는 그윽하게 웃었다.

시오는 그 웃음이 허락의 뜻이라는 걸 알았다. 타냐는 시오의 양손을 마주 잡았다. 시오는 손끝에서 밀려오는 아릿함에 빠져든 채로 타냐에게 이끌렸다. 타냐는 방 한쪽 구석에 있는 나무 상자에서 낡은 북을 꺼냈다. 타냐는 그 북을 쓸어 만졌다. 타냐의 손길이 닿은 곳에 찢어진 가죽을 다시 꿰맨 자국이 있었다.

“이건?”

"나를 다른 세계로 인도해 주는 북이야."

타냐와 시오는 북을 들고 밖으로 나왔다. 타냐는 토템폴 앞에 섰다. 그리고 북을 치기 시작했다. 천천히 시작된 리듬이 점점 빨라졌다. 타냐는 숲 속으로 들어가 계속해서 북을 쳐 나갔다. 시오는 지난밤에 들었던 낯선 소리, 아주 먼 곳에서 흘러들어 온 듯했던 소리가 생각났다. 웅장한 북소리에 고막이 터져 버릴 것 같았다.

어느 순간 북이 스스로 움직이고 있는 것처럼 보였다. 북소리는 점점 빨라졌다. 타냐는 무엇인가에 홀린 듯한 몸짓으로 춤을 추기 시작했다. 춤은 계속되었다. 시오는 꼼짝 않고 서서 한시도 눈을 떼지 않았다. 타냐는 무아지경에 이르렀다. 그리고 그 순간 타냐가 북을 치며 숲을 달리기 시작했다. 둥둥둥, 북소리가 숲을 울렸다. 시오도 타냐를 따라 뛰었지만, 타냐는 뒤쫓아 갈 수 없을 만큼 빨랐다. 이 순간 타냐는 인간이 아닌 듯했다. 이 숲에 존재하는 또 다른 생명체 같았다.

타냐는 죽은 나무들이 쓰러져 있는 곳에 이르렀다. 안개가 숲을 감싸고 돌았다. 타냐는 알 수 없는 말들을 뱉어 냈다. 동물의 울음소리 같기도 하고 인간의 소리 같기도 했다. 그러더니 그 자리에서 쓰러지고 말았다.

"타냐, 타냐!"

놀란 시오는 타냐의 몸을 끌어안았다. 타냐는 거친 숨을 몰아쉬더니 눈을 떴다. 똑바로 일어서서 매서운 눈길로 시오를 보았다.

시오는 섬뜩했다.

"낯선 영혼, 이 숲에 낯선 영혼들이 있어. 지구에, 내 안에 살지 않는 낯선 영혼들이 존재하고 있어."

숲은 고요했다. 시오는 진동음이 느껴지나 살폈지만 움직임이 없었다. 이 근처에는 생명체가 없다는 뜻이다. 시오는 천천히 뒤로 물러났다. 순간 가슴이 철렁 내려앉았다.

'낯선 존재라면 혹시 나를 말하는 것일까? 그런데 왜 영혼이라는 말을 한 거지? 내게도 영혼이 있단 말인가? 그리고 왜 하나의 영혼이 아니라 '영혼들'이라고 했을까?'

타냐의 눈빛이 달라지고 있었다. 표정과 입매가 전처럼 다시 부드러워졌다. 타냐는 몸에서 갑자기 힘이 빠져나간 듯 주저앉았다.

"타냐! 괜찮아?"

시오는 다시 타냐 곁으로 다가갔다. 타냐가 고개를 들더니 어안이 벙벙한 눈길로 주변을 살폈다. 자신이 왜 여기에 있는지 모르겠다는 표정이었다. 타냐는 북과 채를 보았다.

"이누아, 날 집에 데려다줄래?"

타냐가 조용히 말했다.

타냐는 벽난로 앞에 앉았다. 시오는 부엌으로 들어가 수프를 가지고 나왔다.

"먹어 봐. 몸이 따뜻해질 거야."

타냐가 접시를 들고만 있자 시오가 직접 떠서 타냐에게 먹여 주었다. 시오도 몹시 배가 고팠다. 수프에서 나는 냄새를 맡으니 허기가 밀려왔다. 피아 역시 지구 음식을 먹는다는 것을 떠올리자 두려운 마음이 조금 가라앉았다. 시오는 수프를 한술 떠서 입에 넣어 보았다. 고소한 맛과 부드러운 식감이 기분을 좋게 했다. 수프를 모두 먹고 나서 타냐 앞에 있는 북을 보았다. 타냐는 꿰맨 자국을 쓸어 만졌다.

"다른 세계에 있던 내가 무섭지 않았니?"

타냐가 발끝을 내려다보며 물었다.

"아니, 그보다 궁금해. 어째서 너만이 그 세계로 갈 수 있는지."

"난…… 샤먼이기 때문이야."

"샤먼?"

"샤먼이란 영혼을 만나는 존재야. 외로움을 견디며 살아야 하는 존재. 할아버지는 내가 다른 사람들과 어울려서는 안 된다고 했어."

시오는 타냐 곁으로 다가왔다. 바닥에 무릎을 대고 타냐의 손을 잡았다.

"다른 세계의 너는 내게 낯설었지만, 누구보다 강했어. 또 아름다웠어."

타냐는 시오의 손길과 눈빛으로 그 마음을 느낄 수 있었다.

"이누아."

타냐는 시오를 끌어안았다. 시오의 심장이 빠르게 뛰었다.

"늘 혼자였는데 널 만나서 정말 기뻐. 너와 함께 있으면 외롭지 않아."

시오는 조심스럽게 양팔로 타냐의 등을 감싸 안았다. 손으로 타냐의 등을 쓸어내렸다. 타냐의 따뜻한 체온이 손바닥에 스며들어 온몸으로 퍼져 나갔다.

"그런데 너는 왜 할아버지랑 살고 있는 거야? 어머니와 아버지는?"

시오의 질문에 타냐는 시오의 품 안에서 벗어났다. 둘은 따뜻한 눈길로 서로를 바라보았다.

"내겐 처음부터 아버지가 없었어. 어머니는 날 낳다가 돌아가셨고…… 짐 할아버지는 내 친할아버지가 아니야."

타냐는 옷 속에서 사진 한 장을 꺼냈다. 세상에서 가장 소중한 물건이라도 되는 듯 두 손으로 사진을 감쌌다. 시오는 타냐의 얼굴을 유심히 보았다. 금세 눈물이 흘러내릴 것 같았다. 타냐는 시오 앞으로 사진을 내밀었다.

사진을 본 시오의 얼굴색이 하얗게 질렸다. 사진 속에 자신의 할머니 일리아가 있었기 때문이다. 일리아 옆에는 타냐와 꼭 닮은 젊은 여자가 있었다.

"내 어머니와 할머니야."

시오는 할 말을 잃었다. 어떻게 자신의 할머니가 타냐의 할머니가 될 수 있단 말인가. 타냐는 계속 말을 이어 나갔다.

"짐 할아버지는 십칠 년 전, 이곳 동굴에서 어머니와 할머니를 우연히 발견했다고 했어. 그때 어머니 배 속에 내가 있었고, 할머니는 이미 돌아가신 상태였다고 해. 어머니는 몸이 몹시 안 좋아서 할아버지가 이 집으로 데려와 돌봤는데, 거의 집 안에서만 지내시다가 날 낳고 얼마 안 있어 돌아가셨어."

"그럼 할머니는, 할머니는 왜 죽은 거지?"

시오는 심각한 표정으로 물었다.

"글쎄, 짐 할아버지 말로는 연로하셔서일 거라고 했어. 할머니는 짐 할아버지가 동굴 근처에 묻어 줬대. 또 어머니가 유품으로 이 북을 남겼는데, 이 북은 시베리아 샤먼의 것이라고……."

시오는 믿을 수 없었다. 할머니는 약 백이십 년 전에 지구에 왔다. 타냐는 열일곱 살이다. 그럼 지구에서 구십 년도 넘게 살았다는 말이다. 그동안 어떻게 유전 물질 충전을 했다는 말인가? 만약 이 모든 게 사실이라면 타냐의 몸속에 자신과 같은 엘리시안의 피가 흐르고 있다는 뜻이었다. 시오는 혼란스러웠다.

"이누아, 왜 그래? 얼굴빛이 좋지 않아."

"어, 난, 난 그만 가 봐야겠어."

시오는 벌떡 일어났다.

"왜 갑자기? 내가 널 언짢게 했니?"

"아냐, 늦으면 고모가 걱정해. 내일, 내일 다시 만나."

시오는 타냐의 두 손을 꼭 잡으며 말했다. 타냐도 웃음으로 답을 대신했다. 시오는 어색하게 고개를 끄덕이고는 서둘러 타냐의 집을 나왔다.

소파에 앉아 뜨개질을 하던 피아는 시오 쪽으로 고개를 돌렸다.
"가방은 어디다 두고 맨몸으로 온 거니?"
시오는 피아의 말이 귀에 들어오지 않았다. 그런데 어쩌면 피아가 일리아에 대해 알고 있을지도 모른다는 생각이 들었다. 지금으로서는 피아만이 자신의 의구심을 풀어 줄 유일한 상대였다.
"당신은 지구에 온 지 얼마나 되었죠?"
"이백 년쯤."
"이백 년 동안 여기 있었나요?"
"아니, 아프리카와 아시아에도 있었지. 유럽 이탈리아에도 있었고. 싯카 섬으로 온 지는 오 년 정도 됐다."
시오는 실망스러웠다. 피아는 일리아를 알지 못할 것이다. 하지만 지구에 남은 엘리시안들이 어떻게 생활하는지는 알고 있을지 몰랐다.
"물질 탐사를 왔다가 엘리시온으로 돌아가지 않은 탐사대원들이 있다고 들었어요. 그들은 왜 위험을 무릅쓰고 지구에 남은 거죠? 유전 물질 충전 없이 지구에서 생활할 수는 없잖아요."
시오는 다급하게 물었다.

146

"그건 왜 묻는 거지?"

"……."

"입을 다물겠다는 뜻이냐? 이유를 말하지 않으면 나도 아무것도 들려주지 않겠다."

"……할머니, 나의 할머니가 엘리시온으로 돌아오지 않았어요. 그래서 배신자가 되었죠."

피아의 얼굴빛이 어두워졌다. 얕은 숨을 내뱉고는 입을 열었다.

"너에게 그런 사연이 있었구나. 아마 여기저기 떠돌아다니다가 나 같은 요원을 찾아 유전 물질을 흡수했겠지. 이탈리아 밀라노에 있을 때도 내 충전기를 몰래 사용하던 이가 있었다. 솔직히 난 알면서도 눈감아 주었어. 그들은 인간처럼 서서히 늙어 가다가 방법이 없어지면 스스로 목숨을 끊을 수밖에 없어. 흔적을 없애기 위해 바다에 빠져 죽는다."

하지만 일리아는 바다에 빠져 죽지 않았다. 타냐 말로는 동굴에서 발견되었다고 한다. 짐은 할머니가 외계 생명체라는 걸 눈치채지 못한 걸까? 아니면 알아챘는데도 그 사실을 숨기고 타냐에게 거짓말을 한 것일까? 만약 엘리시안이 인간에게 발각되면 어떻게 되는지 궁금했다.

"최소한 한 명은, 한 명 정도는 인간에게 발각되었을 수도 있잖아요."

"물론이야. 아주 드물지만 없는 건 아니지. 하지만 인간들은 그

사실을 평범한 지구인들에게 알리지 않아. 오히려 감추지."

"왜요?"

"자신들이 위태로워질 테니까. 인간은 오래전부터 우주에 다른 생명체가 존재하는지 찾고 있어. 그러나 자기보다 뛰어난 지적 생명체가 있다는 건 부정할 거다. 그런 존재 때문에 혼란이 생기는 것도 원치 않아. 인간은 결코 완벽한 존재가 아니야."

"아뇨, 완벽한 존재예요! 엘리시안은 이미 오래전부터 지구뿐 아니라 다른 여러 행성도 탐사하고 있어요. 만약 인간보다 완벽한 존재가 있다면 왜 우리가 인간의 모습을 하고 있겠어요!"

시오는 자신도 모르게 소리를 질렀다.

"그래, 그렇게 믿고 싶겠지. 하지만 인간은 아름다운 지구를 엉망으로 망쳐 놓았어. 인간이 여느 생명체보다 우월하다는 착각에 사로잡혀서 지구의 주인이라고 여기지. 나는 아프리카에 있을 때 똑똑히 보았다. 그들은 동물을 수도 없이 잡아들였어. 잔인하게 죽이고 필요하다면 가죽이든 상아든 뭐든지 닥치는 대로 이용했지. 동물뿐만 아니라 자기보다 약한 인간들까지 괴롭히고 죽이는 일도 서슴지 않았다."

"……."

"엘리시안도 마찬가지야. 수장도 물질 소유자도 연구원도 다 한통속이야. 그들은 지독히도 인간을 닮았어. 너도 엘리시온으로 돌아가면 그 무리에 자연스럽게 끼고 말겠지!"

148

피아는 감정을 억누르지 못하고 목소리를 높였다. 시오는 피아의 말과 행동이 당황스러웠다. 피아는 괴로워하고 있었다. 시오는 그 괴로움이 어디서 시작된 것인지 알 수 없었다. 하지만 피아가 자신이 믿고 있던 인간과 엘리시온의 질서를 비난하고 나서자 화가 났다.

피아는 손을 더듬어 치마 주머니에서 담배를 꺼냈다. 장작불에 불을 붙인 뒤 입에 물었다. 매캐한 냄새가 삽시간에 퍼졌다. 시오는 기침을 내뱉었다. 한 손으로 입을 틀어막고는 피아의 담배를 빼앗아 불 속에 던져 버렸다.

"이제 알았어요, 밖에 나갔다 돌아오면 집에서 이상한 냄새가 나는 이유를. 바로 이 냄새였어요."

"무슨 짓이야!"

피아는 버럭 소리를 질렀다.

"거울을 보세요, 당신 얼굴이 어떤지. 담배를 피우다뇨! 언제 망가질지 모를 충전기를 갖고선."

"내 유전 물질 충전기를 어떻게 알지?"

시오는 잠시 멈칫했다.

"여기 온 지 얼마 안 돼서 창고 지하에서 우연히 봤어요."

"몰래 염탐을 하다니. 하긴 이제 상관없다, 어차피 알게 될 일. 지긋지긋한 이 생활도 얼마 남지 않았으니."

"이 생활이 얼마 남지 않았다니요? 엘리시온으로 돌아간다는 뜻인가요?"

"돌아간다라……."

피아는 혼잣말을 하더니 천장으로 시선을 옮기고 눈을 감았다. 더는 아무런 말이 없었다. 시오는 그런 피아의 모습을 한동안 물끄러미 보다가 고개를 절레절레 젓고는 환기를 시키려 창문을 열었다. 그런데 가문비나무 숲에서 무엇인가가 빠르게 지나가는 것 같았다. 푸드덕하는 소리와 함께 새가 날아올랐다. 시오는 왠지 모를 불길한 예감이 들었다.

창문을 닫고 피아를 보았다. 그 표정과 몸짓에서 문득 외로움이 느껴졌다. 지구에서 인간의 몸으로 살고 있음에도 피아는 전혀 행복해 보이지 않았다. 고개를 내리고 눈을 뜬 피아가 단호한 눈빛으로 시오를 보았다.

"그들은…… 엘리시온으로 돌아가지 못한 거야."

"어째서요?"

"그들 중 대부분은 인간과 관계를 맺었다. 인간과 사랑에 빠진 이들이지."

"사랑이라고요?"

시오는 처음 들어 본 말에 강한 호기심을 느꼈다.

"너에겐 낯선 개념일 거다. 엘리시온에는 사랑이 존재하지 않으니까. 사랑은 깊고 강하다. 사랑은 새로운 세계를 알게 해 주고 생명을 만들어 내지. 그래, 난 인간이 밉다. 하지만 인간이 아름다운 건 그 사랑 때문이야. 그리고 사랑은 인간만의 독점물이 아니야. 모든 생명체는 사랑이라는 감정의 씨앗을 갖고 있다. 사랑을 느낀 자들은 엘리시온으로 돌아갈 수가 없어. 간다 해도 수장은 받아 주지 않아."

"왜요?"

"질서가 깨지니까."

"질서가 깨지다니요?"

그때 밖에서 우지끈하는 요란한 소리가 들려왔다. 피아는 밖으로 뛰쳐나갔다. 시오도 따라나섰다. 창고 문이 심하게 부서져 있었다.

"누가 이런 짓을……."

"야생 동물일 거야."

"어떻게 아세요?"

"여기, 문에 날카로운 발톱 자국이 있잖니. 밤이 되면 간혹 먹을 걸 찾으러 오는 동물들이 있지."

피아는 불안한 듯 주변을 두리번거렸다. 시오는 부서진 문을 자세히 보았다. 마치 곰의 날카로운 발톱이 스치고 지나간 것 같았다.

"그만 들어가라. 난 여길 정리하고 들어갈 테니."

시오는 피아에게 떠밀려 집 안으로 들어왔다.

'그렇다면 할머니도 인간과 사랑에 빠졌던 걸까? 그래서 타냐의 할머니가 되었단 말인가.'

시오는 머릿속이 한없이 복잡해졌다. 확인하는 방법은 타냐의 배꼽을 보는 것밖에 없었다. 내일 타냐를 만나 확실히 알아봐야겠다고 다짐할 뿐이었다.

피아는 2층 창문을 올려다보며 시오가 방에 들어갔는지 확인했다. 시오의 방에 불빛이 어른거리는 것을 보고는 창고 안으로 들어갔다. 벽에 걸려 있는 외투를 껴입고 손전등을 들고 다시 나왔다. 손전등 불빛으로 문에 고스란히 남아 있는 발톱 자국을 훑어 내렸다. 오한이 들듯 몸이 떨렸다. 피아는 주변을 살폈다.

샤샤삭. 바람을 가르는 날카로운 소리가 창고 뒤쪽에서 들려왔다. 피아는 재빨리 몸을 돌렸다. 털이 수북한 검은 손이 피아의 입을 틀어막았다. 순식간에 벌어진 일이라 비명조차 지를 수 없었다. 검은 손은 피아를 끌고 숲 속으로 빠르게 들어갔다.

어둠이 내려앉은 숲 속에 스산한 바람만 휘몰아쳤다. 몸을 결박했던 손이 풀어지자 피아는 그 자리에 쓰러지듯 주저앉았다. 검은 옷을 입은 자들이 피아를 가운데 두고 빙 둘러섰다.

"일어나라, 피아 요원."

검은 얼굴에서 목소리가 흘러나왔다. 피아는 손으로 바닥을 짚고는 힘겹게 일어섰다.

그들은 물질 탐사대원과 지구 요원을 감시하는 자들이었다. 감시자들은 허물을 벗듯 얼굴을 감싼 천을 거두었다. 이곳, 싯카 섬을 감시하는 자들은 동물과 인간의 중간 형태를 띠고 있었다. 인간처럼 두 다리와 두 팔이 있었지만, 어느 동물의 공격에도 뒤지지 않게끔 손톱과 발톱이 길고 날카로웠다. 고속 이동 시에는 네 발로 뛸 수 있었으며 운동 신경 역시 민첩하고 날쌨다.

"시오 대원에게 말과 행동을 삼가라. 우리가 주시하고 있다는 것을 알 텐데 왜 이리 경거망동하는가?"

감시자는 묵직한 목소리로 말했다.

"……."

"타냐와 시오가 가까이 지내는 것을 막아라. 마지막 경고다. 알았나?"

감시자는 날카로운 손톱으로 피아의 오른쪽 얼굴을 쓸었다. 상처가 나 피가 번졌다. 피아는 손등으로 피를 닦아 낸 뒤 두 눈을 부릅뜨고 감시자를 쏘아보았다.

"그건 내 영역이 아니야. 막는 데도 한계가 있어. 이럴 거면 처음부터 여기로 보내지를 말았어야지."

피아는 헛웃음을 뱉으며 말했다.

"피아 요원, 그걸 말이라고 하는가? 탐사대원들이 원하는 지역에 가지 못하게 막을 수는 없다. 그랬다가는 이유를 알아내려 혈안이 될 테니까. 그래서 이곳에 너 같은 요원과 우리 감시자들이 있는 거야. 이번 경고도 무시하면 네 모든 과오가 아토무스로 전송될 것이다. 그 뒷일은 말하지 않아도 알 테지?"

"……."

감시자들은 날쌘 몸놀림으로 금세 사라졌다. 피아는 담배를 하나 꺼내 물었다. 불을 붙이고 한 모금 깊게 빨아들였다. 담배를 쥔 그녀의 손이 떨렸다. 피아는 검은 하늘을 쳐다보며 연기를 뱉어 냈다. 피아의 눈에 눈물이 맺혔다.

12

시오는 일어나자마자 1층으로 내려왔다. 부엌에서 어제보다 다양한 음식 냄새가 풍겨 나왔다. 식탁에 엄청난 음식이 차려져 있었다. 무스 고기와 생선구이, 샐러드, 수프, 빵 등이 가득했다.

"이게 다 뭐예요?"

시오가 의자에 앉으며 물었다.

"새벽에 일찍 깨서 이것저것 만들어 봤다. 너보고 먹으라고 강요하지는 않을 테니 걱정할 건 없다."

피아는 시오와 마주 앉아 음식을 먹기 시작했다. 시오는 정제된 음식이 담긴 접시를 한쪽으로 밀어 놓았다. 피아는 의아한 듯 시오를 보았다.

"저도 먹어 볼래요. 어제 타냐네 집에서 수프를 먹었는데 특별한 이상이 없었어요."

"그래? 원하는 대로 하렴."

그제야 시오는 피아의 오른쪽 얼굴에 난 상처를 보았다.

"얼굴이……. 유전 물질 충전을 하면 세포 재생이 되어서 금방 나을 텐데요."

시오는 빵 조각을 뜯어 입 안에 넣으며 말했다.

"물질 소유자들이 쓰는 충전기는 그런 효과가 있지만 내 것은 아니야. 내 얼굴을 봐라. 노화가 진행되는 이유를 너도 알잖니? 신경 쓰지 마라."

피아는 담담하게 말했다. 둘은 말없이 음식을 먹었다. 늘 맛있게 식사를 하던 피아는 오늘따라 먹는 것이 영 시원치 않았다. 고기를 한 점 먹고 물을 한 모금 마시고, 샐러드를 한 입 먹고 또 물을 한 모금 마시는 식이었다. 소화가 안 되는 듯 손으로 가슴을 쓸어내렸다.

"어디, 몸이 안 좋아요?"

"아냐, 괜찮아. 시오…… 내 이야기를 해 줄까 하는데 들어 줄 수 있니?"

피아가 고개를 수그린 채 말했다. 시오는 갑자기 자신의 이야기를 들어 달라는 피아의 태도가 이상했지만, 호기심이 일었다.

"그럼요."

피아는 쥐고 있던 포크와 나이프를 내려놓고 목을 가다듬었다.

"나도 한때는 물질 연구원이었다. 지금은 지구에 정착하며 얻은 '피아'라는 이름으로 불리지만, 엘리시온에서는 '베레니카'라는 이름이었지. 나는 탐사대원이 되고 싶었다. 누구나 그렇듯 물질 소유자가 목표였으니까. 하지만 아무리 노력해도 나보다 좋은 유전자를 가진 이들을 이길 재간이 없다는 걸 알았다. 좋은 유전자를 가진 엘리시안들은 자기들끼리 똘똘 뭉쳐 연구를 했고 난 낙오되었어."

시오는 숨을 죽인 채 피아의 말에 귀를 기울였다.

"나는 오르도의 노동자로, 그다음엔 공장 노동자로 점점 하락했다. 그때 새로운 제안이 들어왔어. 지구에서 인간의 모습으로 살 기회가 있다고. 탐사대원들을 돌봐 주는 조건이었어. 그 당시에는 인간으로 살 수 있다는 게, 그것도 지구에서 지낼 수 있다는 사실이 꿈만 같았지. 나와 더불어 많은 노동자가 신청을 했단다. 하지만 여기서도 마찬가지였어. 달라진 게 없었지. 한때는 계급이 올라가 충전도 넉넉히 받았고 그 덕에 이백 년이나 이곳 지구에서 살고 있지만, 지금은 아니야. 난 여전히 최소한의 유전 물질을 충전받는…… 껍데기만 인간일 뿐이야."

피아는 담담하게 말했지만 시오는 이상하게 마음이 불편했다.

"그 얘기를 왜 제게 하는 거죠?"

"그냥, 한 번쯤은 누군가 내 이야기를 들어 주었으면 하는 때가 있지, 시오 대원……."

피아는 텅 빈 눈으로 시오를 바라보았다. 둘 사이에 긴장이 감돌았다.

"정말 영혼을 소유하고 싶니?"

시오는 작지만 단호하게 "네."라고 대답했다.

"어떤 일이 닥쳐도 후회하지 않을 용기가 있니?"

시오는 다시 한 번 고개를 끄덕였다.

"타냐를 만나라. 타냐를 통해 영혼을 얻을 수 있을 거야."

시오의 동공이 커졌다.

"그게 사실입니까?"

피아는 자리에서 일어나 창밖을 살폈다. 정신을 차리려는 듯 싱크대에서 물을 틀어 얼굴을 씻었다. 시오는 그 모습을 말없이 지켜보았다. 피아가 다시 자리에 앉았다.

"단, 복합기는 놓고 가라."

"길을 잃으면……."

"타냐와 함께 있으면 괜찮아. 얼른 타냐에게 가라. 그리고 네가 원하는 걸 꼭 얻길 바란다."

피아는 간절한 눈빛으로 시오를 보고는 자리에서 일어나 창문을 마주 보고 섰다. 주머니에서 담배를 꺼내 물었다. 시오의 시선을 느낀 피아가 고개를 돌렸다.

"이번이 마지막이야. 다시는 피울 일 없을 거다."

피아는 담배에 불을 붙였다.

시오는 옷을 갖춰 입고 타냐의 집으로 향했다. 북을 치고 영혼의 세계에 접신했던 타냐의 모습이 기억 속에 선명했다. 타냐를 통해 영혼을 얻을 수 있을 거라는 피아의 말을 떠올리자 가슴이 벅차올랐다. 시오는 뛰기 시작했다. 이상하게 몸이 가벼웠다. 달리고 달려도 숨이 차지 않았다. 시오는 집 앞에 이르러 세차게 문을 두드렸다. 문이 열렸다. 타냐가 앞에 있었다. 시오는 타냐의 얼굴을 뚫어져라 보았다.

"이누아!"

타냐는 시오의 어깨를 끌어안았다.

"어제 네가 그렇게 간 뒤 이상하게 불안했어. 다시는 네가 날 찾지 않으면 어쩌나, 그런 생각이 들었어."

타냐의 목소리가 시오의 귓가에 닿았다. 또다시 시오의 가슴이, 손끝이 뻐근했다.

"그럴 일은 없어."

진심을 다해 말했지만, 시오는 한편으로 불안했다. 자신은 지구인이 아니기 때문이다. 언제까지나 타냐와 함께 있을 수는 없다. 언젠가는 돌아가야 한다.

"영혼에 대해 알고 싶어."

타냐는 간절한 눈빛만으로 시오의 마음을 느낄 수 있었다.

"기다려. 옷을 챙겨 입고 나올게."

시오는 타냐를 기다리며 주변을 바라보았다. 알싸한 바람 냄새, 눈부신 햇살, 하늘을 향해 솟은 푸른색의 나무, 갈색으로 물든 공간, 살이 에일 듯한 추위. 어느새 이곳에 익숙해져 버린 것 같았다.

타냐는 곰의 가죽으로 만든 옷을 입고 나왔다. 등에는 커다란 가방을 메고 있었다.

"영혼을 느끼기 위해서는 먼저 숲을 걸어야 해. 숲과 땅과 하늘과 물이 살아 있음을 마음으로 느껴야 하는 거야. 그게 우선이야."

타냐가 앞장섰다. 시오와 타냐는 걸어갈 수 있는 끝까지 가고자 했다. 둘은 이어진 길을 걷고 또 걸었다. 세상을 감싼 거대한 산맥 앞에서 시오는 자신이 작디작은 미물처럼 느껴졌다. 마음속에 경이로움과 두려움이 동시에 일었다.

시린 바람에 얼굴이 얼얼했다. 타냐가 시오에게 손을 내밀었다. 시오는 타냐의 손을 잡았다. 지금 이 두려움 속에서 타냐는 버팀목이 되어 주었다. 누군가 옆에 있다는 것만으로 이렇게 큰 힘이 된 적은 처음이었다.

시오는 오랫동안 변화해 온 지구 숲의 움직임에 대해 생각했다. 숲은 하나의 생명체 같았다. 바람은 살아 있는 숲의 숨소리였다. 숲은 정지된 공간이 아니었다. 이곳에는 삶과 죽음이 공존하고 있었다. 테라의 숲, 엘리시온에서는 단 한 번도 느껴 보지 못한 감흥이었다.

"작년 이맘때 여기서 무스를 봤어."

타냐의 목소리가 공기 중으로 산산이 흩어졌다. 타냐는 바위에 걸터앉아 한 곳을 응시했다. 둘은 말없이 무스가 나타나기를 기다렸다. 고요하고 긴 시간이었다.

드디어 풀숲 반대쪽에서 바스락거리는 소리가 들려오며 무스가 나타났다. 시오는 무스의 머리에 나 있는, 나뭇가지를 닮은 뿔을 보았다. 무스는 시오와 타냐를 보고는 경계하는 듯 머뭇댔다.

"우리가 무스보다 높은 존재라고 생각하면 안 돼. 저들과 우리가 형제라고 생각해야 해. 그럼 무스는 우릴 피하지 않을 거야."

타냐와 시오는 무스를 지켜보았다. 조금 뒤 무스가 스스럼없이 풀을 뜯기 시작했다. 무스 주변으로 다람쥐가 열매를 물고 지나갔다. 새들이 날아올랐다. 시오는 숲이 살아 있는 유기체처럼 느껴졌던 이유를 알았다. 숲에서 살고 있는 저들 때문이었다. 무스가 풀과 나무 열매를 먹고 똥을 싸면, 그 속에 있던 작은 씨앗이 땅속에 뿌리를 내린다. 테라의 숲에는 이처럼 태어나 죽고 다시 태어나는 생명의 순환이 없었다.

"우리도 뭐 좀 먹을까? 자세히 둘러보면 열매를 찾을 수 있을 거야."

타냐는 주변을 살폈다. 시오도 타냐의 시선을 따라 움직였다. 한참 만에 가느다란 나뭇가지에 작은 열매가 다닥다닥 붙어 있는 것을 발견했다. 타냐가 열매를 따서 먼저 시오에게 주었다. 시오는 그 열매를 입 안에 넣었다. 달콤 쌉싸름한 맛이 번졌다. 오랫동안 음미하게 되는 맛이었다.

어느새 태양이 서쪽으로 기울고 하늘은 붉은색으로 변해 갔다. 숲에 어둠이 감돌고 숲의 숨소리는 더욱더 거칠어졌다. 둘은 손을 맞잡고 함께 숲을 거닐었다.

어느덧 둘은 동굴 입구에 이르렀다.

"여긴 어디야?"

"할아버지가 우리 어머니를 발견한 곳이야."

시오는 깜짝 놀랐다.

"너희 할머니가 죽은 채 발견되었다던 그곳?"

타냐는 고개를 끄덕였다. 시오는 일리아를 생각했다. 시오의 손끝이 뜨거워졌다. 둘은 네발 동물 같은 모습으로 몸을 수그린 채 동굴 안으로 들어갔다. 동굴 속은 어둡고 좁았지만 따뜻했다. 습하고 눅눅한 냄새가 났지만 불쾌할 정도는 아니었다. 타냐는 몸을 구부리고 동굴 벽 쪽의 바닥을 더듬었다. 달그락 소리가 났다. 타냐는 철제로 된 상자 안에서 등불을 꺼내 불을 붙였다. 동굴 안에 빛이 번졌다. 벽에 그려진 그림이 시오의 눈에 들어왔다.

"저건 누가 그린 거지?"

"내가 여기 오기 전부터 있던 그림이야. 할머니가 그린 것 같아."

"할머니가?"

"응, 아마도……. 우리, 별을 보러 가자."

타냐가 전등을 들고 앞서 나갔다. 그림을 살펴보려던 시오도 타냐를 따라 동굴 밖으로 나갔다.

숲은 칠흑 같은 어둠에 가려져 있었다. 시오와 타냐는 무릎 위에 담요를 덮고 밤하늘을 올려다보았다. 시오는 타냐의 옆모습을 보았다. 타냐는 예뻤다. 좋은 유전자 덕에 완벽한 대칭을 이루는 몰리스의 얼굴과는 거리가 멀었지만, 미의 기준을 넘어서는 어떤 생기가 타냐를 빛나게 했다.

하늘에서 별똥별 하나가 부드럽게 유선을 그리며 떨어졌다. 시오는 지구에 오기 전날 보았던 별똥별이 생각났다. 어린 시절, 포르와 밤하늘을 보며 별똥별에 대해서 이야기한 적이 있었다. 포르는 운석이 떨어지는 것에 불과하다고 말했다. 하지만 시오는 신기한 느낌에 사로잡히곤 했다. 타냐와 함께 있는 이 순간, 잊고 있던 기억이 되살아났다.

시오는 별에 대해 생각했다. 별들의 중심부 온도가 몇백만 도를 넘을 만큼 뜨거워지면 핵반응이 일어난다. 그러면 새로운 원자들이 생겨나 별에 쌓이게 된다. 그러다가 소멸하는 별이 생기고 별 일부가 떨어져 나오기도 해서 원자들이 우주를 떠돌게 된다. 그중 어떤 것은 지구를 이루는 물질이 되고 어떤 것은 엘리시온에 정착했을 수도 있다. 그렇다면 지구에 사는 인간이나 엘리시온에 사는 엘리시안이나 모두 같은 원자를 공유하는 것과 다름없다. 오십억 년 후 태양이 죽을 때가 오면 태양은 붉게 바뀌고 부피도 엄청나게 커질 것이다. 거대해진 태양이 뿜어내는 열기에 모든 생물이 죽고 지구의 물, 흙, 돌 등도 전부 사라져 버릴 것이다. 지구에 있는 원자가 우주로 흩어지고 새로운 먼지 구름이 만들어질 것이다. 그중 어느 곳에서는 우리 같은 아이가 살게 될 또 다른 행성이 생겨날 수도 있다. 지구와 같은 행성이.

우주 전체로 보면 수백만 광년 떨어진 엘리시온에 존재하는 생명체나 지구에 존재하는 생명체나 같은 운명을 지니고 있을지도 몰랐다. 그렇다면 서로 우월을 가릴 필요가 있을까? 시오는 왜 이제야 이런 것들이 떠올랐는지 몰랐다. 아마 타냐 때문일 것이라고 생각했다. 타냐와 함께 있기 때문이라고.

시오는 부드러운 눈길로 타냐를 바라보고 입을 열었다.

"타냐, 지구가 아닌 다른 행성에도 생명체가 살고 있다고 믿어?"

시오의 물음에 타냐가 망설임 없이 고개를 끄덕였다.

"그들에게도 영혼이 있다고 생각해?"

"물론."

시오는 수장을 비롯해 라돈, 테라 등 엘리시안들을 떠올렸다.

'우리 모두에게는 이미 영혼이 존재하고 있었어.'

시오는 타냐를 보았다. 타냐는 밤하늘에 떠 있는 별을 보며 우수에 젖은 표정을 짓고 있었다. 피아는 타냐를 통해서 영혼을 얻을 거라고 했다. 대체 어떻게, 무슨 방법으로 영혼을 얻을 수 있단 말인가. 하지만 그보다 먼저 확인할 게 있었다. 타냐가 정말 일리아의 손녀인지 아닌지 확실히 알 필요가 있었다. 확인할 방법은 타냐의 배꼽을 보는 것뿐이라고 여겼다. 배꼽이 있다면 순수한 인간인 것이다. 일리아와 타냐의 어머니가 어떻게 연관된 것인지는 그다음 문제라고 생각했다.

"네 영혼을 갖고 싶어."

시오가 바람처럼 말했다. 타냐는 젖은 눈으로 시오를 보았다.

"넌 내 영혼을 가질 수 없어."

"……"

"영혼은 갖는 게 아니야. 나누는 거지."

타냐는 시오에게 다가가 자신의 입술을 시오의 입술에 포갰다. 강한 전기가 시오의 몸을 타고 도는 것 같았다. 쿵쿵쿵, 멀리서 무스 떼가 뛰어올 때 땅이 울리듯 심장이 뛰었다. 심장이 거세게 뛸수록 시오의 아랫도리는 뜨거워졌다.

"생명은 사랑을 통해 영혼을 나누며 시간을 이어 왔어."

타냐의 목소리는 바람결에 실려 숲 전체로 퍼져 나갔다.

"사랑? 사랑이라고?"

시오는 타냐의 옷 속으로 손을 집어넣었다. 부드러운 타냐의 배를 쓰다듬었다. 배 가운데 동그랗고 얕은 구멍이 있었다. 배꼽이었다. 타냐는 인간이었다.

시오와 타냐는 동굴 안으로 들어갔다. 시오는 타냐의 숨을 깊게

들이마셨다. 타냐의 몸 안에 있는 우주가 시오의 몸속으로 빨려 들어오는 듯했다. 시오는 천천히 타냐의 몸 안으로 들어갔다. 처음 숲에 발을 들여놓을 때처럼 두려웠다. 시간이 지나자 숲에 익숙해지듯 마음이 편안해졌다. 시오는 물에서 헤엄치는 물고기처럼 타냐의 몸 안에서 노닐었다. 시오는 진공 상태에 있는 것 같았다. 끝이 보이지 않는 어둠에 휩싸여 빛을 찾아가는 먼 여행을 떠나는 것만 같았다. 그 안에서 과거와 미래는 무의미했다. 오로지 현재, 지금 이 순간만이 시간의 전부였다.

시오의 움직임이 빨라졌다. 알 수 없는 무엇인가가 한쪽으로 쏠렸다. 부풀 대로 부풀어서 더 이상 견딜 수 없을 지경에 이르렀을 때, 시오의 몸은 부서져 내렸다. 자신을 둘러싼 세계가 송두리째 무너져 버린 듯했다. 산산조각 깨져 버렸다. 시오는 허물을 벗었다. 내부에 숨겨졌던 여린 무엇인가가 솟아올랐다. 그것은 영혼이었다. 잠자고 있던 영혼의 존재가 벽과 틀을 깨고 나온 것이다. 그제야 피아의 말뜻을 알았다. 타냐를 통해 새로운 영혼을 얻는 게 아니라 잠자고 있던 영혼의 존재를 깨닫고 느끼게 된다는 의미였다.

시오는 이 순간을 영원히 기억하고 싶었다.

타냐는 등불을 벽 앞에 놓았다. 그리고 동굴 벽에 그림을 그리기 시작했다.

"너와 나야. 우리가 영혼을 나누는 모습이야. 또 다른 말로는 사랑이라고 해."

"사랑?"

"그래, 사랑."

시오는 '사랑'이라는 지구인의 말을 오랫동안 곱씹었다. 시오는 벽에 그려진 그림을 보았다. 물고기와 곰, 별과 달, 물과 빛, 나무와 돌……. 벽 안에 우주가 있었다. 시오는 이 그림을 동굴 벽에 새겼을 이의 간절함을 느꼈다. 그리고 자신의 마음에도 이 벽화를 아로 새기고 싶었다. 타냐는 시오의 행동을 가만히 지켜보다가 노래를 부르기 시작했다. 타냐의 노래를 듣고 있으니 시오는 잠이 쏟아졌다. 자꾸 눈이 감겼다.

타냐는 잠든 시오의 얼굴을 쓸어 보았다. 깊은 잠에 빠져든 걸 확인하고는 시오의 윗옷을 슬며시 올렸다. 타냐는 시오의 배에 있는 유전 물질 흡수 칩을 조심스레 만졌다.

타냐는 동굴 구석에서 상자 뚜껑을 열고 검은 주머니를 꺼냈다. 주머니 안에는 오래된 편지와 낡은 칩이 있었다. 그 칩은 시오의 배에 있는 것과 같은 것이었다. 타냐는 칩을 꼭 쥐고 가슴에 댔다. 어머니의 온기가 전해졌다. 타냐는 오래전 일을 떠올렸다.

삼 년 전, 짐이 연구실의 커다란 나무 상자에서 북을 꺼내 타냐에게 주었다.

"네 어머니가 남겨 준 유품이란다."

며칠 뒤 타냐는 짐이 집을 비운 사이 북을 살폈다. 커다란 북을 들고 흔드니 안에서 달그락 소리가 들렸다. 아무래도 북 안에 무엇인가가 들어 있는 것 같았다. 궁금한 나머지 북의 가죽을 찢어 속을 확인했다. 속에는 색이 바랜 종이 뭉치가 있었다. 뭉치를 꺼내자 작고 뭉툭한 것이 바닥으로 떨어졌다. 타냐는 바닥에 떨어진 그것을 주웠다. 엄지손톱만 한 작은 칩이었다. 타냐는 종이 뭉치를 펼쳤다. 맨 앞 장에 삐뚤빼뚤한 글자가 쓰여 있었다. 타냐는 어머니가 이 글을 쓰기 위해 혼신의 힘을 기울였다는 것을 느낄 수 있었다.

글에는 오래된 이야기들이 적혀 있었다. 베링 해를 건넌 인디언들부터 시베리아 샤먼들…… 그리고 북에 대한 것까지.

어머니는 타냐가 샤먼의 딸이라는 것을 강조했다. 타냐 안에는 우주가 있다고, 우주를 품을 수 있는 딸이 되어야 한다고 적혀 있었다.

마지막으로 칩에 대한 이야기가 짧게 쓰여 있었다. 그 안에 할머니의 영혼이 있다는 것이었다. 할머니는 우주 멀리 낯선 행성에서 인간의 영혼을 찾으러 온 존재라고 했다. 할머니가 지구에 온 무렵은 소비에트 사회주의 공화국 연방이 형성되었을 때고, 그 무렵 공산당은 정치 이념에 따라 샤먼들을 모두 없애 버리려고 했다. 할머니는 도망치는 샤먼을 쫓아 이곳 알래스카까지 오게 되었다. 할머니는 샤먼을 통해 영혼의 존재를 알았고 비록 다른 행성에 살지만 자기 종족에게도 영혼이 있음을 깨달았다. 하지만 할머니는 그

사실을 알게 된 뒤 정체가 확실치 않은 이들에게 쫓겨 다녔다. 간신히 지구에 거주하는 요원들을 찾아 유전 물질 충전을 하며 버텨 왔다고 했다.

타냐의 어머니는 샤먼이었다. 하지만 알래스카에서 샤먼의 존재는 더 이상 중요하지 않았다. 어머니는 점점 살길이 막막해졌다. 알래스카의 샤먼들은 관광객을 위한 쇼를 할 뿐이었다. 그들 속에서 살아갈 수 없었던 타냐의 어머니는 무작정 길을 떠나 인적이 드문 싯카 섬까지 오게 되었다. 그리고 이곳 동굴에서 할머니를 만난 것이다.

타냐는 이 편지를 읽고 나서 할아버지가 자신의 친할아버지가 아님을 알았다. 짐은 타냐가 이 사실을 안다는 것을 모르고 있었고 타냐 역시 알리지 않았다. 어머니가 남겨 준 편지와 칩을 이곳 동굴에 옮겨 놓았지만 짐은 아직까지 알아차리지 못했다.

타냐는 종이 뭉치를 고이 접어 상자 안에 다시 넣었다.

'이누아, 넌 어느 별에서 온 거니?'

타냐는 잠든 시오의 얼굴을 내려다보았다. 시오와 함께 나누었던 사랑의 기억이 생생히 남아 있었다. 타냐는 다른 세계로 여행을 다녀온 듯했다. 여행은 몸이 찢기는 고통으로 시작되었지만 마지막에는 온몸으로 우주의 별들을 감싸 안은 듯 따뜻했다.

그때 동굴 입구에서 저벅저벅 발소리가 들렸다. 타냐는 옷을 고쳐 입었다. 전등을 들고 밖으로 나갔다. 짐이 동굴 앞에 서 있었다.

"할아버지?"

타냐는 손안에 있는 칩을 꼭 쥐었다.

"여기서 뭘 한 거냐?"

짐이 딱딱한 말투로 물었다.

"그 아이와 함께 있었던 거냐?"

타냐는 천천히 고개를 끄덕였다. 짐은 타냐 앞에 바투 붙어 서서 팔목을 잡았다.

"나가자. 저 아이는 위험해."

"이누아는 나쁜 아이가 아니에요."

"그건 네가 몰라서 하는 소리야. 어서 나와, 어서!"

타냐는 짐의 손아귀에서 벗어나려 안간힘을 썼지만 소용이 없었다. 끝내 밖으로 끌려 나오고야 말았다.

시오는 눈을 떴다. 타냐가 보이지 않았다.

"타냐? 타냐!"

시오의 목소리는 동굴로 울려 퍼지다 허망하게 사라졌다. 시오는 옷을 단단히 고쳐 입고 동굴 밖으로 나왔다. 숲은 어둠에 싸여 아무것도 보이지 않았다.

"타냐! 타냐!"

시오의 목소리는 우주에 떠도는 잔해처럼 분분히 흩어졌다. 그 순간 뒤쪽에서 누군가 다가오는 느낌이 들었다. 뒤를 돌아보기 무

섭게 시오의 팔이 꺾였다. 누군가의 손이 입을 틀어막았다. 시오는
발버둥 쳤다.

"조용히 해!"

시오의 귓가에 목소리가 닿았다. 짐이었다.

"동굴로 들어가."

시오는 순순히 짐의 말을 따랐다. 그제야 짐은 시오를 놓아주었
다. 시오는 타냐가 사라지고 갑자기 짐이 나타난 상황을 이해할 수
없었다.

"타냐는요? 타냐는 어디에 있는 거죠?"

"그보다 너야말로 누구고 어디에서 온 건지 밝혀라."

시오는 당황스러웠다.

'내가 인간이 아니라는 걸 알고서 묻는 건가?'

"대답을 못 하는 걸 보니 내 예상이 맞는 것 같군."

"……."

"오래전부터 피아가 이상하다고 느꼈다. 단순히 은둔자라고 보
기에는 비밀이 너무 많았거든. 어느 날 갑자기 나타난 너도 마찬가
지야. 요 며칠 주노에 있는 학교를 모두 뒤져 보았지만 어디에도
너란 아이의 흔적은 없었어. 난 네 유전자 분석도 해 보았다. 인간
에게는 없는 유전자를 가지고 있더군."

"뭐, 뭐라고요? 무슨 수로 제 유전자를 분석했단 말이죠?"

짐은 주머니에서 비닐봉지를 꺼냈다. 검붉은 피가 묻은 붕대가

담겨 있었다.

"타냐는 네 말을 있는 그대로 믿는 것 같지만 나까지 속일 생각
은 하지 마라. 네 정체가 뭐냐!"

시오는 초조했다. 그렇다고 사실대로 말할 수는 없었다. 마음을
가다듬으며 이 상황을 벗어나고자 했다.

"저도 묻겠어요. 왜 타냐를 이곳에 묶어 두는 거죠? 당신이야말
로 타냐를 통해 얻고 싶은 게 뭐죠!"

짐의 눈빛이 흔들렸다. 잠시 생각에 잠긴 듯한 표정을 짓더니 입
을 열었다.

"십칠 년 전 이 동굴에서 타냐를 임신한 여인을 발견했지. 동굴
에는 그녀만 있었던 게 아니야."

"……."

"동굴 안쪽에 이파리들이 수북이 쌓여 있는 게 보였지. 그것을
거두니 죽어 있는 생명체가 나타났어. 생긴 건 사람 같은데 이상하
게 털이 많이 나 있었지. 나는 타냐의 어머니에게 시체를 묻어 주
겠다고 약속했지만, 몰래 연구실로 옮겨 와 즉시 유전자를 분석했
다. 지구 상의 어떤 생명체에서도 발견되지 않은 유전자를 갖고 있
더군. 타냐의 어머니도 조사했지만, 그녀는 인간의 염색체를 갖고
있었어. 그녀는 타냐를 낳다가 죽었고 나는 혼자 남은 타냐를 거두
어 키웠다. 타냐가 완전한 인간이 아닐 수도 있다는 가능성을 배
제할 수 없었거든. 시간이 지나면서 유전자 변형이 올 수도 있으니

172

곁에 두고 지켜봐야 했다."

시오는 이제야 의문이 풀렸다. 일리아는 인간 영혼 물질을 찾기 위해 지구에 왔다가 이곳에서 죽음을 맞이한 것일 뿐 타냐의 친할머니는 아니다. 그런데 일리아의 배에 칩이 있었을 텐데, 짐은 왜 그걸 언급하지 않는 것일까? 혹시 발견하지 못한 것일까? 또 타냐는 자신의 어머니가 샤먼이었다고 했다. 일리아도 샤먼을 만났으니 영혼의 실마리를 알았을 것이다. 그런데 왜 엘리시온으로 돌아가지 않고 배신자가 되었을까? 혹시 전에 피아가 말한 엘리시온의 질서가 깨진다는 얘기와 관련이 있는 걸까? 시오는 머릿속이 복잡했다. 하지만 지금은 타냐가 어디에 있는지 아는 것이 더 급했다.

"타냐는 어디에 있어요?"

"집에 안전하게 있으니 넌 상관 마라!"

"집요? 또 타냐를 그곳에 가두어 둔 건가요?"

"가두다니! 진심으로 타냐를 아껴서 그러는 거야. 문제는 너야! 네 유전자는 십칠 년 전 이곳에서 발견된 낯선 생명체의 유전자와 일치했어. 넌 어디서 온 거냐! 어서 말해!"

짐은 시오의 멱살을 움켜쥐었다. 옷이 위로 쑥 밀려 올라왔다. 배꼽이 없는 것을 들켜서는 안 된다고 생각한 시오는 필사적으로 옷을 아래로 내렸다.

'무슨 수를 써서라도 동굴을 빠져나가야 해.'

그때였다. 동굴 밖에서 날쌘 발소리가 들려왔다. 시오와 짐은 동시에 동굴 입구로 시선을 돌렸다.

위아래로 검은 옷을 입은 감시자들이 뛰어들어 왔다. 그들은 눈만 내놓고 있어 얼굴이 뚜렷하게 보이지 않았다. 그때 감시자 한 명이 짐을 힘으로 저지했다.

"당신들 누구야!"

짐은 소리를 지르며 몸을 비틀었다. 감시자들의 손아귀에서 벗어나려 했지만 소용없었다. 시오 역시 감시자에게 붙잡혔다. 나머지 한 명이 가방에서 주사기를 꺼내 짐의 팔뚝에 꽂았다.

"당, 당신들…… 무슨…… 짓을……."

짐은 정신을 잃었다. 감시자들은 그를 벽에 기대어 앉혀 놓은 뒤 겁에 질려 있는 시오를 보고 말했다.

"우리는 엘리시온에서 보낸 감시자들이다. 탐사대원 보호 관찰 등의 임무를 맡고 있다. 탐사대원이 우리 존재를 모르게 하는 것이 기본이나 지금은 예외 상황이다. 어서 이 동굴을 빠져나가야 한다."

"내가 여기 있다는 건 어떻게 안 거죠?"

"내 질문에 먼저 답해라. 왜 복합기를 가지고 나오지 않았나?"

시오는 피아가 복합기를 가져가지 말라고 했던 것이 떠올랐다.

"복합기를 착용해야 우리는 대원의 위치를 정확히 파악할 수 있다. 배에 있는 칩으로도 확인이 되지만 이렇게 멀리 떨어져 나오면 위치를 파악하는 데 오래 걸릴 수밖에 없다. 아무튼 길게 이야기할

174

시간이 없어. 세 시간 뒤에 노인이 깨어날 테니 그 전에 이곳을 떠나야 한다."

"떠나다니요?"

"시오 대원의 물질 탐사는 종료되었다."

감시자들은 몸을 숙여 네발로 서더니 시오를 등에 태웠다.

"꽉 잡아라."

말이 끝나기 무섭게 그들은 어둠 속을 달리기 시작했다.

감시자와 시오는 피아의 집 앞에 도착했다. 집은 어둠에 묻혀 있었다. 시오는 집 안으로 뛰어 들어갔다. 텅 비어 있었다. 모든 것이 흔적 없이 사라졌다.

"피아는 어디에 있죠?"

"그녀는 스스로 목숨을 끊었다."

"네? 뭐라고요?"

충격을 받은 시오는 아침에 피아가 했던 행동과 말을 되짚었다. 많은 음식, 불안한 모습, 마지막 담배 그리고 피아 자신의 이야기.

"한 시간 뒤에 우주선이 도착할 것이다. 우린 그동안 나머지 흔적들을 마저 없앨 것이다."

시오는 감시자들의 말을 믿을 수 없었다. 눈으로 직접 확인하고 싶었다. 집 밖으로 나와 창고로 뛰어가 바닥에 있는 문을 들어 올렸다.

"무슨 짓이냐!"

뒤쫓아 온 감시자가 시오를 잡았다.

"내 눈으로 봐야겠어요."

시오는 있는 힘을 다해 감시자를 밀치고는 아래로 내려갔다. 유전 물질 충전기 옆, 의자에 앉아 있는 피아의 뒷모습이 보였다. 시오는 천천히 그 곁으로 다가갔다. 피아의 피부 군데군데에 검은빛이 도는 회색 털이 솟아올라 있었다. 오른쪽 팔과 왼쪽 다리는 인간의 것이라 보기 어려운 모양으로 굳어 있었다. 노화가 급속도로 진행되어 얼굴에도 깊은 주름이 져 있었다. 시오는 처음 보는 낯선 모습에 겁이 나 뒤로 몇 발짝 물러섰다. 감시자가 들어와 시오를 막아섰다.

"왜, 왜…… 저렇게 변한 거죠?"

"물질 결핍자가 된 상태로 죽음을 맞이한 것이다."

"물질 결핍자라고요?"

다른 감시자들도 따라 내려왔다.

"시오 대원을 어서 데리고 올라가라!"

감시자들이 시오 곁에 붙어 팔을 잡고 이끌었다.

"피아 요원의 시체는 어떻게 처리하려는 거죠? 저 상태로 엘리시온으로 돌아가나요?"

시오는 감사자들에게 벗어나려고 몸을 비틀며 물었다.

"그건 네가 알 바가 아니다."

176

곧 나머지 감시자들이 유전 물질 충전기와 피아의 사체를 밖으로 옮긴 뒤 곳곳에 남아 있는 물질의 흔적들을 소독하듯 지워 나갔다. 감시자들은 속전속결로 움직였다. 피아가 쓰던 물건들에 약을 뿌려 순식간에 가루로 만든 뒤 준비된 철제함에 넣었다.

"한 시간 뒤, 새벽 3시에 우주선이 도착할 것이다. 시오 대원은 밖에서 기다리도록."

시오는 감시자들의 두 팔을 거칠게 뿌리쳤다.

"혼자 갈 수 있어요."

시오는 앞서서 걸었다. 타냐를 생각하자 고통이 밀려왔다.

'이대로 그냥 갈 수는 없어. 타냐, 타냐를 만나야 해. 사실대로 이야기할 거야.'

시오는 주변의 동태를 살핀 뒤 틈을 노려 숲으로 뛰어들었다. 시오는 어둠 속을 달렸다. 몸이 이끄는 대로 달리며 숲에서 있었던 모든 기억을 빨아들였다. 스쳐 지나가는 바람, 발밑에서 들리는 바스락거리는 소리, 까마귀의 날갯짓, 달콤한 열매의 맛. 다른 세상으로 향하는, 천지를 울리는 북소리와 타냐의 냄새, 살의 느낌……그 모든 것을 각인시켰다. 멀리 타냐의 집에서 흘러나오는 불빛이 보였다.

"타냐, 타냐! 나야, 나!"

시오는 문을 세차게 두드렸다. 2층 창문이 열렸다. 타냐의 몸이 반쯤 밖으로 나왔다.

"이누아!"

시오는 뒤로 물러났다.

"타냐, 문 좀 열어 줘."

"안 돼. 할아버지가 밖에서 문을 잠그고 가 버렸어."

시오는 집의 외관을 살폈다. 2층 창문 앞에 턱이 보였다. 시오는 배관을 타고 오르기 시작했다. 타냐는 걱정스러운 눈으로 시오를 바라보았다. 시오가 비좁은 창문 턱 위에 가까스로 올라서자 타냐는 몸을 바깥으로 뺀 뒤 양팔을 뻗어 시오를 붙잡았다. 시오와 타냐는 진심을 다해 상대를 꼭 끌어안았다. 잠시 뒤 팔을 풀고는 서로 마주 보았다.

"타냐, 난, 난 떠나야 해."

"떠나야 한다니?"

타냐의 목소리가 떨렸다. 타냐는 애처로운 눈빛으로 시오를 보았다. 시오는 사실대로 말하면 타냐가 놀랄까 봐 걱정이 앞섰다. 하지만 시간이 없었다. 언제까지 이렇게 있을 수는 없었다.

"난, 난…… 난 말이야…… 내 진짜 이름은 시오야."

"알아, 넌 우주 어딘가에 존재하는 세계에서 온 거야. 그렇지?"

타냐의 목소리는 젖어 있었다. 타냐는 쥐고 있던 주먹을 폈다. 그 안에 칩이 있었다.

"이, 이건……."

타냐는 북 안에 감춰져 있던 일리아의 흔적과 어머니의 편지 이

178

야기를 짧게 들려주었다. 시오는 아무 말도 할 수 없었다.

"……그래서 믿는다고 한 거니? 우주 다른 곳에 사는 생명체에게도 영혼이 있다고?"

타냐는 고개를 끄덕였다.

"네 겉모습은 중요하지 않아. 인간이든 아니든 상관없어. 살아 있다는 그 자체, 그게 영혼이 있다는 증거야. 그리고 네 안에는 나의 영혼도 살아 있어. 내 안에도 너의 영혼이 있어. 우린 하나가 되었으니까."

시오는 타냐의 이야기를 마음속에 새긴 뒤 다짐하듯 말했다.

"내가 사는 행성은 엘리시온이야. 지금은 돌아가지만 언젠가는 꼭 다시 올 거야. 널 만나러."

"엘리시온? 너의 세계는 엘리시온이구나. 알았어, 잊지 않을게. 그리고 기다릴게. 널 만날 날을."

타냐의 양 볼에 눈물이 흘러내렸다. 하지만 타냐는 어느 때보다 화사하게 웃고 있었다. 시오는 두 손으로 타냐의 머리카락을, 얼굴을 쓰다듬었다. 타냐와 시오는 동시에 입을 맞추었다. 뜨거운 숨을 서로에게 불어넣어 주었다. 시오는 손가락이 끊어지는 고통을 느꼈다.

"타냐, 너의 이야기, 너의 북소리, 너의 사랑과 너의 세계를 다른 인간들에게도 알려 줘. 그들도 진정한 영혼을 느낄 수 있게."

"알았어, 시오. 그렇게 할게."

타냐는 쉼 없이 고개를 끄덕이며 말했다. 그때였다. 멀리서 감시
자들의 소리가 들려왔다.

"타냐, 어서 들어가. 저들의 눈에 띄면 안 돼! 어서 들어가!"

타냐는 창틀 뒤로 몸을 숨겼다. 시오는 곧장 아래로 뛰어내린 뒤
가문비나무 숲으로 달려 들어갔다. 타냐의 집이 보이지 않자 시오
는 멈춰 서서 숨을 골랐다. 뒤를 돌아보고 싶었다. 몸을 돌리면 그
곳에 타냐가 있을 것만 같았다. 하지만 돌아보지 않았다. 지금 돌
아보면 이곳을 떠나지 못할 것 같았기 때문이다. 그 대신 이 공간
의 모든 기억을 자신 안에 담았다.

'타냐, 우린 반드시 다시 만날 거야. 반드시.'

시오는 가슴이 아팠다. 이 아픔을 잊는 방법은 더한 고통을 느끼
는 것밖에 없었다. 시오는 가슴이 터져라 달렸다.

"여기 있었군."

감시자들이 숲을 가로질러 달려와 시오를 넘어뜨리고 손을 묶
었다. 시오는 숨이 차서 제대로 말을 할 수 없었다.

"돌출 행동은 이번이 마지막이다."

시오는 모든 걸 포기한 것처럼 잠자코 있었다.

시오는 감시자들에게 끌려 처음 피아를 만났던 장소에 이르렀
다. 소형 우주선이 이미 도착해 있었다. 시오를 이곳에 데려다주었
던 요원이 우주선에서 내렸다.

시오는 그의 얼굴을 주시했다. 그도 시오를 보았다. 어둠 속이었지만 그의 표정이 좋지 않다는 걸 알 수 있었다. 시오는 그에게 인계됐다. 감시자들은 피아의 사체와 유전 물질 충전기가 든 철제 상자를 우주선에 실었다.

"어서 타라."

요원은 더 이상 말을 하지 않았다. 시오의 머릿속에 타냐가 들려준 일리아의 이야기가 맴돌았다. 엘리시온으로 돌아가서 자신이 해야 할 일이 무엇인지 알았다. 일리아는 영혼의 존재를 알고 있었다. 인간뿐 아니라 모든 생명체에 영혼이 있음을. 하지만 엘리시온으로 돌아갈 수 없었고 배신자라는 낙인이 찍혔다. 시오는 자신이 정리한 행간에 빈틈이 있음을 깨달았다. 일리아는 왜 엘리시온으로 돌아가지 못했나. 그 답을 알아내야 했다.

우주선은 대기권을 빠져나와 우주로 진입했다. 소형 우주선의 끝머리가 열렸다. 그곳으로 피아의 모든 흔적과 유전 물질 충전기가 든 철제 상자가 버려졌다. 마지막으로 피아의 몸도 우주 공간으로 보내졌다.

"피아!"

시오는 피아의 이름을 외쳤다.

'피아, 당신을 잊지 않을게요. 절대로 잊지 않을게요.'

시오의 가슴속에서 슬픔과 분노가 차올랐다.

"이제 유전 물질 충전을 해야 한다."

우주 비행 요원이 말했다. 시오는 마음을 가다듬었다.

"내 몸은 시오로 돌아가는 겁니까?"

요원이 고개를 끄덕였다.

"몸이 바뀌면 제 기억도 사라지게 됩니까?"

"······아니다."

요원은 담담하게 말했다.

시오는 충전대에 누운 뒤 눈을 감았다.

13

심사실로 향하는 물질 소유자들의 발소리가 어지럽게 울렸다. 라돈과 테라도 서둘러 물질 심사실로 들어갔다.

"모두 자리하셨으니 심사를 시작하겠습니다. 예정에 없던 물질 심사에 참석해 주셔서 감사드립니다. 미리 보고를 받으셨듯이 지구로 물질 탐사를 나갔던 시오 대원이 탐사 도중 문제를 일으켜서 예정보다 일찍 소환하게 되었습니다. 오늘은 물질 심사가 아니라 문제를 일으킨 시오 대원에게 문책을 가하고 앞으로 행해야 할 조치에 대해서 논의하는 자리가 될 것입니다. 이 점, 염두에 두어 주시기 바랍니다."

심사단장은 자리에 앉았다. 심사실 문이 열리며 안내자와 함께 시오가 들어왔다. 안내자는 시오를 자리에 앉히고는 밖으로 나갔다. 시오는 고개를 들고 자신을 향한 시선들을 살폈다. 중앙에 앉은 수장의 눈빛은 아주 매서웠다. 모두들 시오에게서 눈을 떼지 않았다. 걱정과 불안, 경멸이 섞인 얼굴이었고 몇몇은 귓속말을 숙덕거리기도 했다. 시오는 라돈과 테라를 찾았다. 그들의 얼굴에서는 어떤 감정도 읽어 낼 수 없었다. 담담함과 차가움이 서려 있었다.

"지금부터 시오 대원의 물질 심사를 시작하겠습니다."

심사단장은 시오를 보고 말을 이어 나갔다.

"시오 대원은 물질 탐사 과정에서 지구인과 육체적 관계를 맺는 대역죄를 지었다. 인정하는가?"

"우린 영혼을 나눈 것뿐입니다."

시오의 대답과 동시에 심사실이 술렁거렸다. 사방에서 비난하는 말들이 쏟아졌다.

"죄를 인정하지 않겠다는 뜻인가?"

"전 인간의 영혼 소유자가 되고 싶었습니다. 그 관계는 인간의 영혼을 나누기 위한 것이었고, 사랑이라는 감정이 깃들어 있었습니다. 제 안에는 인간의 영혼이 있습니다."

시오는 당당하게 말했다.

"대원 몸 안에 인간의 영혼 물질이 있는지 없는지에 대한 판단은 여기 모인 물질 소유자들이 한다."

"영혼은 여느 물질처럼 분자 구조로 도식화할 수 없습니다. 그

184

런데 어떻게 판단을 하시겠다는 것입니까?"

시오가 거침없이 말하자 물질 소유자들이 오히려 더 당황했다. 그때 수장이 슬며시 손을 올렸다. 심사단장은 말을 멈추었다. 잠시 침묵이 흘렀다. 수장이 천천히 입을 열었다.

"그럼 거꾸로 묻지. 시오 대원 몸 안에 인간의 영혼 물질이 있다는 걸 어떻게 증명할 것인가? 우리가 무엇으로 대원의 몸 안에 인간의 영혼 물질이 있다고 판단을 내릴 수 있는가?"

"수장님, 영혼은 물질이라는 말과 결합할 수 없는 무엇입니다. 인간뿐만 아니라 지구의 모든 생명체에게, 또 엘리시온 행성의 물질 소유자, 연구원, 노동자 등 우리 모두에게 이미 영혼이 있습니다. 우리는 굳이 인간의 영혼을 갖기 위해 노력하지 않아도 되며 더 이상 죽음을 두려워할 필요도 없습니다."

시오는 수장의 얼굴을 똑바로 보고 말했다.

심사실의 모든 이들이 말도 안 된다는 듯 소리를 높였다.

"모두 진정하십시오."

심사단장의 권유에도 물질 소유자들의 아우성은 잦아들지 않았다. 수장이 다시 한 번 손을 들었다. 심사실은 고요해졌다.

"시오 대원, 제군의 패기 하나는 칭찬할 만하네."

수장이 낮고 가라앉은 목소리로 말했다. 물질 소유자들이 어리둥절해하는 사이 수장은 계속 말을 이어 나갔다.

"하지만 우리는 눈에 보이는 것을 원하네. 만약 그것이 불가능하다면 자네는 지구에서 겪었던 모든 기억을 지워야만 해."

"기억을 지운다니요?"

시오가 놀라 물었다.

"지구에 다녀온 기억을 지우는 거야. 대원의 등급은 1급에서 4급으로 하향 조정될 테고 향후 거처는 테스트를 통해 정하도록 하지."

수장이 말을 마치자 주위의 물질 소유자들이 고개를 끄덕여 동의를 표시했다.

"방금 수장님이 말씀하신 사항은 모든 물질 소유자들 앞에서 공개적으로 승인되었습니다. 이것으로 시오 대원의 심사를 마치겠습니다."

심사단장이 공표를 했다.

'기억을 지운다니! 타냐를 잊게 되는 건가! 다시 만날 수 없는 건가!'

시오는 자리에서 벌떡 일어났다.

"잠시만요!"

모두가 시오를 바라보았다. 시오는 수장을 정면으로 보고 물었다.

"만약 제가 기억을 지우지 않겠다고 하면 어떻게 됩니까?"

장내가 다시 한 번 술렁였다. 라돈의 얼굴이 붉으락푸르락했다. 테라는 깊은 한숨을 쉬며 고개를 숙였다.

186

"시오 대원."

수장이 입을 열자 심사실 안은 다시 정적에 휩싸였다.

"왜 기억을 지우고 싶지 않은 거지?"

수장이 차가운 목소리로 물었다.

"그 전에 만약 제가 기억을 지우지 않으면 어떻게 되는지 알려 주십시오."

"인간과 쾌락을 나누었으니 공장 지대의 노동자가 되어야겠 지."

수장의 얼굴이 냉혈한처럼 변했다. 시오는 침을 삼켰다. 차갑게 변한 수장과 이 상황, 모든 것이 이해되지 않았다. 시오는 눈을 감고 오직 타냐만을 생각했다. 싯카 섬에서 느꼈던 살아 있는 숲의 느낌이 손끝에서부터 살아나 전신으로 퍼져 나갔다. 그곳에서 자신은 달라졌다. 영혼이 있다는 것을 느꼈다. 기억을 지운다면 모든 걸 잊게 될지 몰랐다.

"저는…… 기억을 지우지 않겠습니다."

"후회하지 않겠는가?"

수장은 화가 끓어오르는 것을 간신히 억누르며 물었다.

"지금 이 상태에서 기억을 지운다는 건, 저 자신을 잃는 것이나 다름없어요. 전 지구 소녀를 사랑하고 그 사랑을 나누며 영혼을 서로 공유했으니까요. 그러니 제 안에는 분명 인간의 영혼이 있습니다. 아니, 그 전에도 제겐 이미 영혼이 있었습니다. 원하던 것이 이미 제 안에 있는데 더 이상 무엇을 선택하겠습니까?"

심사실은 그야말로 아수라장이 되었다. 자리를 박차고 일어선 이들이 손가락질하며 시오를 비난하고 나섰다. 흔들리지 않는 이는 수장뿐이었다.

"조용히 하시오."

수장의 말에 심사장은 숙연해졌다.

"시오 대원이 원하는 대로 해 주시오."

"수장님?"

심사단장이 의아한 듯 물었다. 수장은 조용히 일어서 경직된 걸음으로 심사실을 빠져나갔다. 그 뒤를 수행 비서들이 따랐고 그제서야 잠잠해진 물질 소유자들도 하나둘씩 자리를 떴다. 시오는 두 다리에 힘이 풀려 주저앉았다. 동시에 라돈과 테라와 차례로 눈이 마주쳤다. 시오는 머릿속에 공장 지대라는 문구만 남은 채 시간이 정지된 것 같았다. 그사이 시오 앞으로 안내자 두 명이 다가왔다. 그중 한 명이 시오의 손목에 팔찌를 채웠는데 팔찌에는 976이라는 숫자가 새겨져 있었다.

"뭡니까?"

"지금부터 질문은 금지다. 따라와라."

그들은 시오를 물질 심사실 옆에 있는 작은 방으로 데리고 갔다. 그곳에는 탁자와 의자만 놓여 있었다.

"공장 지대로 갈 때까지 이곳에서 대기할 것이다."

안내자는 나가 버렸다. 밖에서 잠금장치를 채우는 소리가 들려왔다. 시오는 두려워지기 시작했다. 문을 밀었지만 열리지 않았다. 시오는 주먹으로 문을 두드렸다. 밖에서는 아무런 대답이 없었다.

한참이 지나서야 문이 열렸다. 시오는 황급히 일어섰다. 라돈과 테라가 들어왔다. 그들을 보자 불안했던 마음이 조금 누그러졌다.

"아버지! 어머니!"

반가운 마음에 그들에게 달려갔다. 하지만 둘의 표정은 좋지 않았다. 시오는 낯선 분위기에 자신도 모르게 뒤로 물러섰다.

"시간이 없다. 우린 간신히 허락을 받고 들어온 거야."

테라에 이어 라돈이 다그쳤다.

"네가 무슨 짓을 했는지 알기나 하니!"

"제 말을 믿어 주세요. 제 안에는 인간의 영혼이 있어요. 그리고 우리 모두에게……."

"그 말은 이제 그만해! 네가 무엇을 잘못했는지 아직도 모르겠어?"

시오는 라돈의 말뜻을 이해할 수 없었다.

"왜 그동안 엘리시안이 인간의 영혼을 찾지 않은 것 같니? 너보다 능력이 모자라서? 아니, 어차피 그 누구도 인간의 영혼을 소유할 수 없기 때문이야."

"뭐라고요?"

시오가 의아하다는 듯이 되묻자 테라는 작심한 듯 이야기를 쏟아내었다.

"첫 물질 탐사는 성인이 되기 위한 통과 의례와 같아. 네가 물질 탐사를 무사히 마치고 왔다면 자연스럽게 알게 될 사실이었어. 애초부터 영혼은 누구도 가질 수 없어. 오직 수장님만이 소유할 물질이야. 우리에게 영혼 따윈 없어! 만약 영혼이 있다는 것을 인정하고 나면 죽음을 받아들여야 해. 그럼 엘리시온에서 누가 가장 먼저 죽어야 할 것 같니?"

"……수장님인가요?"

"맞아, 하지만 수장님은 죽지 않아. 영원히 살 거야. 왜냐고? 이곳 엘리시온에서 인간의 유전 물질 소유자는 수장님뿐이니까. 물질 소유자들 역시 죽으려 하지 않을 거야. 그들은 누구에게도 자기가 소유한 물질을 주고 싶어 하지 않으니까."

시오는 그제야 일리아가 엘리시온으로 돌아오지 못하고 배신자로 남은 이유를 알았다. 알래스카에서 정체 모를 이들에게 쫓길 수밖에 없었던 까닭도. 시오는 모든 진실을 거부하려는 듯 고개를 가로저었다.

"누누이 말했잖니. 인간의 영혼에 대해 관심 갖지 말라고, 그러느니 물질 연구원이 되는 것이 더 낫다고."

라돈이 안타까운 목소리로 말했다.

"그렇다면 엘리시온은 왜 존재하는 거죠?"

"수장님과 우리 물질 소유자들의 안락한 삶을 보장하기 위해서지. 더 나아가 이 우주에서 가장 안정된 낙원을 세우려 하는 것이고."

라돈이 건조하게 말했다. 시오는 지구에서 피아가 들려준 이야기들을, 그리고 그녀 스스로 죽음을 선택한 이유를 이해할 수 있었다.

"시오, 마지막 기회야. 기억을 지워. 그럼 다 해결되는 거야. 공장 지대의 삶이 얼마나 거친지 넌 몰라. 그들은 삶을 즐길 수 없어. 그들은 노동을 위해 존재하는 자들이야. 수장과 물질 소유자들의 도구일 뿐이라고. 우린 네가 그렇게 되길 원하지 않는다."

테라가 힘주어 말했다.

"절 사랑하기 때문인가요? 절 사랑해서 제가 기억을 지우고 잘 살길 바라는 건가요?"

시오의 질문에 테라는 말문이 막혔다. 테라는 시오의 말을 이해할 수 없다는 듯이 라돈을 보았다. 라돈은 얕은 한숨을 뱉어 냈다.

"절 사랑하기 때문이죠?"

시오는 라돈과 테라를 번갈아 보며 다시 한 번 물었다.

"네가 끝까지 기억을 지우지 않겠다고 해도 우리와는 상관이 없다. 이미 너는 우리에게서 독립했으니까. 어떤 식으로 결론이 나든 그 결과 역시 네가 책임을 지는 거야."

라돈은 차갑게 말했다.

"그러니까 어리석은 판단을 하지 마라. 지금이라도 기억을 지우겠다고 하면 공장 지대로 가지 않을 수 있어."

"어머니, 아버지, 왜 자꾸 딴소리를 하시는 건가요? 제가 궁금한 건 절 사랑해서, 제가 편안한 삶을 살기를 바라는 것인지예요. 전 아버지와 어머니의 자식이잖아요. 두 분의 사랑으로 두 분이 영혼을 나눠서 제가 존재하게 된 거잖아요."

시오는 답답해하며 말했다.

"사랑? 인간들의 육체적 쾌락을 말하는 거냐?"

라돈은 기분이 나쁘다는 듯 말했다.

"사랑에 육체적 쾌락만 있는 것은 아니에요. 사랑은 우주만큼 넓고 광활해요. 그 감정은 신비롭고 아름다워요. 우리를 다른 세계로 이끌어 준다고요."

라돈과 테라는 말문이 막힌 듯했다. 시오는 계속 말을 이었다.

"어머니, 어릴 때 제가 2층 난간에서 떨어져 다쳤을 때 밤새워 절 간호해 주셨어요. 어차피 세포 재생력으로 하룻밤만 지나면 깨끗이 나을 상처였는데도요. 아버지, 빙하 체험 지대에서 다리가 부러져 치료받을 때 아버지는 제 손을 꼭 잡고 곁에 있어 주셨어요. 기억 안 나세요? 그건 다 두 분이 절 사랑하기 때문이에요. 왜 모르시는 거예요?"

테라와 라돈은 동시에 자신들의 기억을 떠올렸다. 하지만 그것이 사랑이라고, 자신들에게 영혼이 있기 때문이라고 생각해 본 적은 한 번도 없었다.

혼란스러워진 라돈은 언성을 높였다.

"시오, 그만해. 우리 엘리시안은 사랑이나 육체적 관계를 통해 번식해 오지 않았다."

"뭐라고요?"

시오는 라돈의 말뜻을 이해할 수 없었다.

"그럼 전 어떻게 아버지와 어머니의 자식이 된 거죠?"

"……입양을 통해서지."

테라가 입을 떼는 순간 문이 열리더니 안내자가 들어왔다.

"두 분, 시간 다 됐습니다."

안내자가 불편한 기색으로 말했다.

"시오, 정말 기억을 지우지 않을 거니? 어서 말해. 지금이 마지막 기회야."

테라가 급하게 물었다.

"아뇨, 지우지 않겠어요."

시오는 고개를 저으며 단호하게 말했다. 라돈과 테라는 자포자기한 듯한 눈빛을 나누었다.

"우린 할 만큼 했어. 이제 나가지."

라돈의 말이 떨어지자 둘은 밖으로 나갔다. 시오는 라돈과 테라가 서 있던 자리를 멍하니 바라보았다. 테라는 분명히 '입양'이라고 했다. 테라가 무엇을 말하려 했는지 시오는 궁금했다. 곧 안내자가 시오를 데리고 나갔다.

"어디로 가는 거죠?"

"조용히 따라와라."

시오와 안내자는 아토무스 꼭대기에 있는 수장실 앞에 섰다. 곧 수장의 수행 비서가 모습을 보였다. 그는 무표정한 얼굴로 시오의 팔을 붙잡고 문을 열었다.

"여기서 잠시 기다려라."

시오는 응접실 의자에 앉았다.

그 시각 수장은 영혼실에서 종족의 역사를 되짚어 보고 있었다.

종족의 문명은 지하 세계에서 시작되었다. 종족은 어둠에 익숙했기 때문에 시력이 극도로 낮았다. 그 대신 손의 감각이 발달해서 손끝으로 모든 물질의 원자와 분자 구조를 파악할 수 있었다. 종족은 만 5세 이후 유아기를 지나면서 폭발적으로 뇌가 발달했다.

그들은 지상으로 올라가고 싶었지만 행성 표면에 급격한 빙하기가 찾아왔다. 지상의 온도는 영하 100도를 밑돌았고 해수면까지 모두 얼어붙었다. 지상의 생명체는 대부분 눈과 얼음에 묻혀 얼어 죽었다. 지상에서는 어떠한 생활도 할 수 없었다.

그때 몇몇 이들이 우주로 시야를 넓혔다. 우주 어딘가에 자신들의 행성과 유사한 행성이 있을지도 모른다고 생각했던 것이다. 그 발상 하나로 물질 탐사를 시작했다. 대부분이 무모한 짓이라고 반대했지만, 몇몇 과학자들은 뜻을 굽히지 않았다. 수많은 이들의 우려와 조롱을 이겨 내고 물질 탐사를 시작한 지 오십여 년 만에 지구를 발견했다. 지구 시간으로 15세기 무렵이었다. 지구는 아름답고 풍요로웠다. 종족은 행성을 지구처럼 만들고자 했는데 그 과정은 순조로웠다. 과학 기술이 인간보다 앞섰기 때문이다.

종족은 지구의 오대양 육대주를 방문 탐사해 모든 물질 샘플을 채취해서 물질의 원자와 분자 구조를 분석하기 시작했다. 지구 물질을 이 행성에 맞게 정착시키려는 연구가 동시에 이뤄졌다. 어떤 물질이든 행성에 정착시키는 이가 그 물질의 소유자가 되었다.

지하에 거대한 물질 공장도 건설됐다. 그곳에서 공기와 에너지와 물을 생산했다. 그러자 지상 일부분의 빙하가 녹고 물이 생겼으며 땅이 생기고 흙이 생겼다. 새로운 문명지가 빠르게 완성되어 갔고 곧 종족은 모두 지상으로 올라올 수 있었다. 지하 문명지는 점점 쇠퇴해 갔다.

행성은 지구와 닮은 모습으로 바뀌어 갔다. 하지만 인간에게는 과학 기술을 넘어 자신들에게 없는 무엇인가가 있었다. 종족은 인간이 되고 싶었다. 지구로 물질 탐사를 다녔지만, 지구인에게 접근하기란 쉽지 않았다. 그나마 선택할 수 있는 방법은 자신들이 가진 과학 기술을 인간에게 전수해 우호적인 관계를 맺은 뒤 인간의 유전 물질을 얻는 것이었다.

인간과의 접촉을 최소화하기 위해 찾은 지역은 아메리카 대륙이었다. 아메리카 원주민들은 독특하게 생긴 외계 종족을 별다른 거부감 없이 받아들였다.

그러던 어느 날, 유럽에서 살고 있던 사람들이 쳐들어왔다. 지구 시간으로 1492년, 콜럼버스가 신대륙에 상륙한 뒤로 잔인한 문화 파괴와 집단 학살이 일어났다. 충격에 빠진 탐사대원들은 그 모습을 멀리서 지켜보았다. 일억 명 정도의 아메리카 원주민이 무참히 죽임을 당했고 일부는 병에 걸려 죽거나 굶어 죽었다. 위용을 뽐내던 아메리카 대륙의 아즈테카 문명과 도시들도 모두 사라져 갔다.

그 무렵 지구 물질 탐사를 나가 있던 젊은 대원 한 명이 위기에 처한 인간 몇 명을 우주선에 태워 대피시켰다. 하지만 안타깝게도 인간들은 행성 간 이동을 견디지 못하고 우주선 안에서 모두 죽음을 맞았다.

그 대원은 아토무스에 '인간 유전 물질 연구소'를 개설하고 본격적인 인체 연구에 돌입했다. 인간의 장기 및 세포를 조사하고 인체를 구성하는 물질을 분석하기 시작했다. 인간의 유전자를 밝히는 데 도움을 얻기 위해 지구에 서식하는 다른 생물들도 연구했다. 인간과 가장 유사한 동물로는 침팬지가 있었다. 인간과 침팬지의 유전자 차이는 단 1퍼센트였지만, 그 차이에 따른 결과는 판이했다.

종족과 인간의 유전자 사이에도 약 1퍼센트의 차이가 있었다. 인간이 되고 싶은 젊은 대원과 연구원들은 오랜 탐구 끝에 그 차이를 조금씩 좁혀 나갔다.

젊은 대원은 직접 인간이 되는 실험을 감행하고자 했다. 물질 연구원들은 위험하다며 반대했지만 대원은 강경했다. 자신의 몸에 기존 유전 물질을 억제하고 인간의 유전 물질을 높이는 주사를 놓았다. 대원은 죽을 고비를 몇 번 넘긴 끝에 최초의 인간이 되었고, 행성의 최고 물질 소유자가 되었다. 그가 바로 지금의 수장이다.

수장은 그때까지 이름이 없던 행성에 '우주의 낙원'이라는 뜻의 '엘리시온'이라는 이름을 붙였다. 그와 더불어 유전 물질 충전기도 개발했다. 하지만 극복하지 못한 0.0001퍼센트의 유전자 차이로 100퍼센트 완벽한 인간은 될 수 없었다. 그 때문에 유전 물질 충전이 계속 이뤄져야 했다. 연구가 거듭될수록 유전 물질 충전기도 업그레이드되었다. 수장은 최초의 인간 유전 물질을 일부 종족과 공유했고, 이들에게 지구로 가서 물질을 조사할 자격을 부여했다.

그즈음 물질 탐사대원 중에는 지구 동물을 행성으로 들여오자는 의견을 펼치는 이도 있었다. 수장은 그 의견을 받아들이지 않았다. 행성에 혹시 모를 환경 변화나 바이러스를 불러올 수 있었고 무엇보다 인간이 아닌 생명체는 의미가 없었기 때문이다.

인간의 몸을 갖게 된 수장은 인간에게 있는 그 무엇인가가 생겨날 것을 기대했다. 그것 역시 물질 체계가 있을 것이라 믿으며 자신이 그 소유자가 되려 했다. 하지만 시간이 지나도 달라지는 것은 없었다. 수장은 인간의 정신세계로 시선을 돌렸다.

물질 탐사대원들은 세계 곳곳에 흩어져서 인간의 정신세계에 대한 이야기를 모으기 시작했다. 그들의 이야기에는 공통점이 있었다. 표현은 다르지만 인간의 몸 안에 작은 우주가 있다는 것이다. 인체가 광활한 우주의 축소판이라는 이야기는 수장에게 인간이라는 생명체를 향한 동경과 더불어 시기심을 불러일으켰다.

인간의 정신세계를 탐구하던 수장은 영혼이라는 개념도 알게 되었다. 인간 세계에는 영혼 덕분에 죽어도 다시 환생할 수 있다는 믿음이 전해 내려오고 있었다. 인간의 영혼에 관심을 두는 이는 수장만이 아니었다. 하지만 어느 순간부터 수장은 탐사대원들이 찾아온 인간 영혼에 관한 단서를 빼앗고 그들의 기억을 지워 버렸다. 인간의 몸과 영혼을 지닌 완벽한 존재는 자신뿐이어야 했다. 그래야 누구도 수장의 자리를 넘보지 않을 것이라 여겼다. 다른 이들이 인간의 영혼 물질을 찾으면 0.0001퍼센트의 난관을 자신보다 먼저 극복할지 몰랐다.

수장은 소파에서 일어나 천천히 걸었다. 단단히 잠긴 철문을 열고 밀실 안으로 들어갔다. 그곳에는 지구의 고대 동굴 벽화부터 현대 회화까지 수천 종의 예술품이 소장되어 있었다. 수장이 영혼을 찾기 위해 관심을 보인 또 하나는 예술품이었다. 인간의 예술품에는 그것을 만든 자의 영혼이 깃들어 있다고 했다.

수장은 손끝에 감각을 모았다. 수장에게는 시력이 낮았던 고대 종족이 가지고 있던, 손끝의 감각으로 물질을 감지하는 능력이 아직 남아 있었다. 다른 엘리시안은 자각하지 못하는 감각이었다. 수장은 언젠가 인간의 영혼 물질을 소유해서 완벽한 인간이 되는 날이 손끝의 감각도 마저 소멸시킬 수 있으리라 생각했다. 그러나 손끝에 그림을 대 보아도 영혼의 원자와 분자 구조는 찾을 수 없었다. 수장은 한계에 부딪힐 때마다 알 수 없는 분노가 치밀었다.

수장은 말없이 분노를 잠재우며 영혼실을 나왔다. 복도를 지나 응접실 문을 여니 긴장한 표정으로 앉아 있는 시오가 보였다. 시오는 수장과 눈이 마주치자 자리에서 벌떡 일어났다.

"자네는 나가 있게."

수장의 말과 동시에 수행 비서가 밖으로 나갔다. 온화했던 수장의 표정은 시오와 둘이 남게 되자 순식간에 달라졌다. 그는 천천히 시오 앞으로 다가섰다. 눈을 감은 채 시오의 머리와 얼굴…… 몸을 손으로 훑어 내렸다. 손끝에 남아 있는 물질 감지 능력을 이용해 시오 안에 있는 영혼에 대해 탐구했다. 하지만 시오는 그동안 영혼을 찾았다고 주장하던 많은 엘리시안과 다를 바가 없었다. 수장은 눈을 뜨고는 물이 샘솟아 오르는 작은 분수대에 손을 씻었다.

"네 안에 인간의 영혼은 없다. 넌 인간과 쾌락을 나눈 배신자일 뿐이야."

수장이 여유 있게 말했다.

"뭐라고요?"

"내 지금 확인하지 않았더냐? 이 손끝으로 말이다."

수장은 시오 앞에 양손을 활짝 펴 보였다.

"수장님께서 생각하시는 영혼이란 무엇입니까? 영혼을 물질로 생각하시는 겁니까? 아뇨, 그렇지 않습니다. 제 안에 있는 인간의 영혼은 제 기억과 함께합니다. 그러니 수장님께서는 제 안에 있는 영혼을 느낄 수 없는 것이 당연합니다. 영혼은 진짜 마음, 사랑을 나눠야 비로소 공유할 수 있는 것입니다."

시오는 수장의 파란 동공이 흔들리는 것을 보았다.

"무엇이 불안하신 거죠?"

"……너 따위 때문에 내가 불안하다고?"

"그렇지 않다면 왜 절 바로 공장으로 보내지 않고 이리로 데려온 것입니까? 무엇을 확인하고 싶어서요?"

시오는 큰 소리로 외쳤다.

"역시 오만하구나. 그래, 넌 네 뜻대로 영혼이 있다고 믿고 살아라. 잘난 척해 봤자 네 미래는 달라지지 않을 것이다. 아니, 오히려 더욱 처참해지겠지. 내게 순종하지 않으면 버려지는 것은 시간문제다. 피아를 보면 알 테지. 그래, 물질 결핍자의 모습을 목격하니 어땠나? 그 모습을 보고도 네 안에 영혼이 있으니 아무것도 두렵지 않다고 말할 수 있느냐?"

시오의 머릿속에 피아의 마지막 모습이 스쳐 지나갔다.

수장은 바로 수행 비서를 불렀다.

"저 아일 당장 공장 지대로 보내라! 당장!"

"알겠습니다."

수행 비서의 호출로 안내자가 들어왔다. 그는 시오를 데리고 밖으로 나갔다.

"수장님, 시오의 기억을 그대로 둔 채 공장 지대로 보내도 되겠습니까?"

수행 비서가 조용히 물었다.

"그럼, 그 기억이 오히려 저 아이를 고통 속으로 밀어 넣을 테니 두고 보게."

수장은 자신 있게 말했다.

시오는 안내자와 함께 비행장으로 왔다. 그는 시오를 낡은 소형 비행기 안으로 밀어 넣었다. 시오의 양손과 두 발목은 쇠사슬로 묶였다. 비행기는 활주로를 달리더니 서서히 떠올라 공중을 갈랐다. 시오는 창밖으로 오르도 지역을 내려다보았다. 테라의 숲이 품고 있는 그곳은 평화롭고 아름다웠다. 그곳에서 지냈던 안정된 생활이 떠올랐다. 지구를 갔다 오기 전만 해도 저 오르도는 자신의 꿈을 펼칠 희망의 땅이었다. 시오의 마음은 복잡했다. 아련한 아픔이 가슴에 머물더니 날카로운 분노가 일렁였다. 저곳은 수장과 물질 소유자들의 탐욕으로 채워진 허상의 공간일 뿐이라는 걸 비로소 알게 된 것이다. 비행기는 점점 더 위로 떠올라 공장 지대로 향했다. 모든 것이 얼어붙은 엘리시온이 한눈에 들어왔다. 오르도는 빙하 지대에 비하면 작은 점에 불과했다. 시오는 오르도를 미련 없이 떠나기로 했다. 시오는 반짝이는 빙하 지대로 눈을 돌렸다.

14

소형 비행기를 탄 라돈은 자신의 원자력 발전소로 향했다. 발전소는 어느덧 완성 단계에 다다라 있었다. 라돈과 연구원들은 흡족한 얼굴로 거대한 공장을 바라보았다.

"포르 연구원은 어디 있지?"

라돈이 연구원에게 물었다.

"노동자 대기원에 있습니다. 이틀 뒤 공장 가동을 위해 노동자들을 체크하고 있습니다."

"좋아, 일이 척척 진행되는군."

라돈은 만족스러운 표정으로 공장을 바라보았다.

라돈은 공장 건설이 마무리되기 전 대대적인 물질 결핍자 수색 작업에 들어갔다. 땅굴 입구에서 엘리시안이 될 수 있는 기회를 주겠다고 하자 예상대로 많은 물질 결핍자들이 미로에서 나왔다. 사냥꾼들은 이들을 노동자 대기원에 입소시켰다.

대기원에는 오르도에서 새로 온 노동자와 공장 지대 안에서 작업장을 재배치받은 노동자가 함께 수용되어 있었다. 다른 노동자들은 물질 결핍자들의 모습을 보며 경악을 금치 못했다. 그들의 몸 구석구석에 털이 올라와 있었기 때문이다. 결핍 상태가 오래 지속된 자들은 인간의 언어를 사용하지 못했다. 그들은 웅웅거리는 알 수 없는 소리를 내며 진회색 털을 쓰다듬었다. 몇몇 결핍자들은 인간의 언어를 쓸 수 있었지만, 그나마도 눈치를 보며 대화를 나누었다.

시오는 눈을 내리깔고 분위기를 살폈다. 물질 결핍자들을 보니 피아 생각이 났다. 그녀가 했던 말들을 되새기자 엘리시온 세계에 대한 분노가 일었다. 분명한 것은 오르도의 물질 소유자들이 무시하고 경멸하는 저들에게도 영혼이 있다는 것이다. 타냐를 만나지 않았다면 자신도 물질 결핍자들을 하등한 존재로 생각했을 것이다. 시오는 눈을 감고 타냐와 함께 나누었던 교감을 떠올렸다. 불안했던 마음이 조금씩 누그러졌다.

포르는 철창 밖에서 오르도에서 온 이들을 살폈다. 그들의 얼굴에는 노동자의 삶에 대한 두려움이 가득했다. 포르는 빠른 눈길로 그들을 훑었다. 그때 한 아이가 눈에 들어왔다. 포르는 자신이 잘 못 본 것이 아닌가 싶어 연방 두 눈을 비볐다.

'시오? 시오는 지구로 물질 탐사를 가지 않았던가. 그런데 왜 여기 있는 거지?'

자신을 향한 시선을 느낀 시오는 무심히 고개를 돌렸다가 포르와 눈이 마주쳤다.

"포르?"

시오의 동공이 커졌다. 포르는 시오가 자신을 알아본 것을 눈치채고는 조용히 물었다.

"시오? 시오 맞지?"

시오는 고개를 끄덕였다. 포르는 시오를 빼내 안쪽에 있는 작은 공간으로 데리고 들어갔다. 둘은 책상을 가운데 두고 마주 앉았다. 포르는 시오의 눈망울 깊이 박혀 있는 두려움과 오른쪽 팔목에 채워진 노동자 전용 팔찌를 보았다. 그곳에 976이라는 숫자가 선명하게 찍혀 있었다. 포르는 그 숫자를 기억해 두었다.

"네가 왜 여기 있는 거지?"

시오는 아무 말도 하지 않았다. 말해도 이해받을 수 없다는 것을 알았기 때문이다. 둘 사이에 침묵이 흘렀다. 포르는 시오가 갑작스레 노동자가 되고 계급이 곤두박질친 것에 은밀한 쾌감을 느꼈다. 하지만 시오가 왜 이곳에 오게 됐는지 의문은 가시지 않았다. 지구에서 엄청난 죄를 저질렀을 것이라 추측할 뿐이었다. 침묵을 지키던 포르는 인내심에 한계를 느끼고 먼저 입을 열었다.

"난 원자력 발전소의 연구원으로 들어왔어. 너희 아버지, 아! 이제 아버지가 아니겠구나. 여기 노동자로 왔으니. 어쨌든 라돈 님이 날 뽑아 주었지."

"……."

"말하기 싫으면 관둬. 일어나. 이제 네 자리로 돌아가야지."

포르는 문을 열고 관리자들을 불렀다.

"976을 대기원으로 옮겨 주세요."

관리자들은 시오를 철창 안에 다시 밀어 넣은 뒤 문을 잠갔다. 포르와 관리자들이 대기원 앞에 나란히 섰다. 가운데 선 포르가 입을 열었다.

"지금부터 유전 물질 충전이 있을 것이다. 충전소를 갔다 나오면 너희 몸은 노동 현장에 맞게끔 달라져 있을 것이다. 관리자들이 순서대로 들여보낼 테니 대기실로 이동해 잠자코 기다려라."

그때 물질 결핍자들 중 포르를 애절한 눈빛으로 바라보는 자가 있었다. 그는 다름 아닌 타베스였다. 타베스는 현재 유전 물질 결핍 초기 단계에 있었다. 몸 군데군데에 회색 털이 덮여 있기는 했지만 언어 소통은 가능했다. 그는 걸음을 멈추고 포르를 바라보았다.

"874! 어서 대기실로 들어가! 너 때문에 줄이 밀리잖아!"

관리자는 거칠게 소리를 지르며 타베스를 세게 밀쳤다. 기력이 쇠한 타베스는 그 자리에 쓰러지고 말았다. 노동자들의 시선이 그

쪽으로 쏠렸다. 시오는 얼른 달려가 타베스를 일으켜 주었다.

"괜찮으세요?"

"괜, 괜찮습니다."

타베스는 고개를 들었다. 타베스는 시오를 보고 화들짝 놀랐다.

"넌 시오가 아니냐?"

시오는 물질 결핍자가 자신을 알아보자 기분이 이상했다.

"절 아세요?"

"난 타베스란다."

소스라치게 놀란 시오는 타베스가 포르를 대신해 공장 노동자로 간 사실을 떠올렸다.

"타베스 아저씨? 정말 아저씨가 맞아요?"

타베스는 고개를 끄덕였다. 시오는 타베스의 몸을 살폈다.

"어쩌다가 물질 결핍자가 된 거예요?"

"그게…… 여기서 말하긴 좀 그렇다. 너야말로 왜 여기 있는 거니?"

"저도 사연이 길어요."

"그래? 아무튼 같은 공장에 있게 될 것 같으니 기회가 되면 천천히 이야기를 나누자. 번호가 뭐지?"

타베스는 시오의 팔목을 확인했다.

"번호요? 왜 이걸……."

"충전소 안에 들어갔다 나오면 모든 게 달라져. 변한 얼굴과 몸으로는 널 알아보지 못하니까 번호를 기억해 두려는 거야."

"그럼 저도 아저씨 번호를 볼게요."

타베스는 시오 쪽으로 손목을 내밀었다. 874라고 쓰여 있었다.

"빨리빨리! 서둘러!"

포르의 날 선 목소리가 들려왔다. 타베스는 애절한 눈빛으로 포르를 보았다. 시오는 그런 타베스를 응시했다. 타베스의 눈빛은 피를 흘리는 새끼 곰을 바라보던 어미 곰의 눈빛과 닮아 있었다.

"잘 살고 있는 것 같아."

타베스는 쓸쓸하게 혼잣말을 했다.

"포르에게 말하세요. 아저씨가 아버지라고요."

"안 돼. 그건 금기 사항이야. 저 아이와 날 봐라, 닮은 데가 한 곳이라도 있나. 저 아이의 유전자와 내 유전자는 이제 다르다. 그런데 어떻게 저 아이가 내 아들이라고 할 수 있겠니."

타베스의 말에 시오는 어떤 대답도 할 수 없었다.

"976번 들어와라."

"갔다 올게요, 아저씨."

시오는 관리자를 따라 충전소 안으로 들어갔다. 앞에 유전 물질 충전기가 있었다. 피아의 지하 창고에 있는 것과 같은 기종이었다. 시오가 충전대 위에 눕자 관리자는 배에 있는 칩에 선을 연결했다. 시오는 두려움을 안고 눈을 감았다. 아찔한 통증이 몸속 깊숙이 파고들었다.

"일어나라, 976."

시오는 눈을 뜨고 자리에서 일어났다. 거울에 비친 자기 모습을 확인했다. 머리카락은 모두 사라지고 피부색은 회색으로 변해 있었다. 팔과 다리, 어깨에 적당한 근육이 붙어 있었다.

'거울 속에 있는 자가 정말 나란 말인가.'

시오는 손목을 보았다. 976이라는 숫자가 유난히 도드라져 보였다.

'노동자 976. 하지만 내 기억은 여전해. 난 사라지지 않은 거야. 몸만 바뀌었을 뿐이야. 모든 게 그대로야. 난 여전히 나야.'

관리자는 상하의가 붙어 있는 갈색 옷을 시오에게 주었다.

"옷을 입고 나가라."

시오는 옷을 갈아입고 밖으로 나왔다. 충전을 마친 이들이 한곳에 앉아 있었다. 얼마 뒤 한 노동자가 시오 옆에 앉아 시오의 손목을 힐끗거렸다. 시오는 고개를 돌렸다.

"나다, 타베스. 네 손목의 번호를 보고 알았어."

시오는 타베스를 눈여겨보았다. 타베스도 회색 피부를 갖게 되었다. 시오는 이곳에 있는 노동자들을 보았다. 그들은 머리카락이 없었고 서로 생김새가 비슷했다. 모두 노동 현장에 걸맞은 몸으로 바뀌었다는 것을 알 수 있었다. 여자들도 마찬가지였다. 옷 색깔로 성별을 구분할 수 있을 뿐이었다.

"적응하기 힘들지?"

타베스가 묻자 시오는 솔직한 심정으로 고개를 끄덕였다.

"처음에 나도 그랬어. 그런데…… 또 익숙해지더구나."

하지만 시오는 여기 있는 자들과 자신은 엄연히 다르다고 생각했다. 다른 이들은 어쩔 수 없이 공장으로 왔지만 자신은 스스로 선택했다. 몸은 바뀌었지만 기억은 사라지지 않았다. 기억의 중심에는 타냐가 있었다. 타냐와 했던 약속, 언젠가 다시 만날 거라고 했던 약속, 시오는 그것만 생각했다.

한참 뒤 시오는 테라가 말한 입양이란 말이 생각났다. 타베스라면 그 의미를 알고 있을 것이다. 시오는 즉시 입양에 대해 물었다. 타베스는 대답 없이 한동안 시오의 눈을 뚫어져라 보더니 입을 열었다.

"우리는…….'

"자, 모두 집중해라!"

난데없이 포르의 목소리가 달려들었다. 타베스는 자신이 하려던 말을 잊었다. 그의 시선은 오로지 포르를 향해 있었다.

"모든 충전이 끝났다. 오늘 밤은 이곳에서 보낸다. 내일 아침 7시에 원자력 발전소로 이동할 것이다."

시오는 타베스를 보았다. 타베스의 얼굴에서 그리움을 느낄 수 있었다. 묻고 싶은 것이 많았지만 타베스의 간절한 눈빛 때문에 다음으로 미루기로 했다.

15

    수백 명의 노동자들이 대기실 밖 광장에 모여 있었다. 그들은 한 치의 오차도 없이 일정한 간격으로 서서 열중쉬어 자세를 하고 있었다.

    "잠시 뒤 차량이 오면 원자력 발전소로 이동할 것이다. 그때까지 흐트러짐 없는 자세를 유지하기 바란다."

    포르는 날 선 눈빛으로 노동자들의 팔목을 보았다. 976 번호를 확인하고 시오 앞에 멈춰 섰다.

    "시오?"

    포르는 달라진 시오의 얼굴을 살피며 물었다. 시오는 포르가 자신의 번호를 기억하고 있음을 알았다. 포르가 피식 웃고는 시오 곁을 지나치려는 순간 시오는 재빨리 포르의 팔목을 잡았다.

"뭐야?"

"타베스 아저씨가 궁금하지 않아? 아저씨는 공장 지대에 있어. 한 번도 찾아볼 생각을 하지 않았어?"

포르는 자신의 팔을 잡고 있는 시오의 손을 떼 냈다.

"왜 그래야 하지? 이제 내 아버지도 아닌데. 시오, 잘 들어. 쓸데없는 데 신경 쓰지 말고 네 걱정이나 해."

매섭게 대꾸했지만, 뒤돌아선 포르의 눈빛은 금세 흐려졌다. 사실 공장 지대에 온 날 타베스를 찾아볼 생각을 하지 않은 것은 아니다. 하지만 그것은 금기 사항이었다. 기숙 학교에 입학해 부모에게서 독립하는 순간부터 모든 선택은 개인의 몫이며 책임 또한 그러했다. 포르는 상념을 떨쳐 내려는 듯 고개를 세차게 흔들었다.

그사이 수석 연구원이 도착했다.

"여러분이 일할 곳을 발표할 테니 잘 듣도록."

수석 연구원은 번호 순서대로 각각 배치된 장소를 불렀다. 시오는 냉각수용 빙하 채취단에 소속되었다. 타베스는 10호기 원전에 배정받았다. 노동자들은 포르의 지휘대로 지정된 차에 올라탔다.

차량은 원자력 발전소 지대로 향했다. 원자력 발전소는 바다를 끼고 있었다. 물의 물질 소유자가 만든 인공 바다는 지구의 바다처럼 넓고 깊었다. 차량에서 내린 노동자들은 출렁이는 수면을 보며 입을 다물지 못했다. 시오는 퀸샬럿 제도로 가기 위해 배를 탔던 때의 기억이 떠올랐다. 짙푸른 수면과 수평선에 맞닿은 하늘, 에메랄드빛 빙하, 바닷속에 살고 있던 수많은 생명체, 삶과 죽음의 공존. 시오는 바다 옆에 나란히 서 있는 둥그스름한 돔 모양의 원자력 발전소로 시선을 옮겼다.

노동자들은 팀별로 나누어 섰다. 어느 정도 질서가 잡혔을 때 라돈이 광장에 나타났다. 라돈 곁에 열 명의 연구원들이 나란히 서 있었고, 맨 끝에는 포르도 있었다.

라돈은 단상에 올라섰다. 노동자들을 둘러보며 비장한 표정을 지었다. 시오는 라돈을 보자 심장이 뛰었다.

'아버지는 날 알아보지 못해. 알아보지 못해.'

시오는 아픈 가슴을 억누르고 고개를 똑바로 들어 라돈을 보았다.

"우리 공장에서 일하게 된 것을 환영한다. 나는 오래전 우라늄 물질 소유자가 되었지만, 이 발전소를 세우기까지 여러 우여곡절과 긴 시간을 견뎌야 했다. 이제 이 공장에서 새로운 에너지를 생산함에 따라 우리 엘리시온은 변혁기를 맞이할 것이다. 여러분이 그 시작을 활짝 열어 주리라 믿는다. 모두 힘써 주길 바란다."

곧 원자력 발전소 관리자들이 나서서 노동자들을 1호기부터 10호기까지 공장 안으로 데리고 들어갔다.

시오를 비롯한 빙하 채취단은 10호기 원전 옆에 있는 빙하 채취 공장으로 들어갔다. 공장이라지만 덩그러니 빈 공간뿐이었다. 안쪽에 로커 룸이 있었고 한 번에 스무 명이 탈 수 있는 초고속 무빙 머신 열 개가 나란히 있었다. 엘리베이터가 상하 운동만 가능하다면 무빙 머신은 360도로 이동이 가능했다. 시오는 주변을 둘러보다가 포르와 눈이 마주쳤다.

"지금부터 여러분의 일과에 대해 알려 주겠다. 기상은 아침 6시다. 7시까지 식사를 하고 7시 30분까지 이곳으로 집합해야 한다. 8시에 바로 무빙 머신에 탑승해 빙하 지대로 이동할 것이다. 냉각수는 원자력 에너지를 만드는 데 아주 중요한 물질이다. 깨끗한 물을 위해 하루도 빠짐없이 빙하 채취가 이뤄져야 한다. 점심 식사는 빙하 지대에 있는 간이 시설에서 한다. 작업은 오후 5시까지고 작업이 끝나면 바로 유전 물질 충전을 받는다. 물질은 노동의 대가만큼 얻게 될 것이다. 저녁 식사는 6시에 기숙사 1층 식당에서 해결한다. 한 시간의 자유 시간 뒤에 8시까지는 숙소에 들어와 취침 준비를 마쳐야 한다. 만약 일을 게을리하거나 노동자들 간에 불미스러운 일이 생긴다면 유전 물질 충전은 없다. 불미스러운 일이 세 번 반복되면 자숙의 공간에서 일주일 동안 노동 없이 시간을 보내야 한다. 물론 그동안 유전 물질 충전도 없으리라는 점은 다들 알고 있을 것이다. 알겠나?"

포르가 말을 마치자 노동자들은 우렁찬 소리로 "네." 하고 대답했다.

"자, 이제 로커 룸에서 작업복으로 갈아입는다. 각각의 로커에 번호가 붙어 있을 것이다. 방한복으로 갈아입고 무빙 머신 앞으로 모이기 바란다. 십오 분의 시간을 주겠다."

포르의 말이 끝나자 노동자들은 재빨리 몸을 움직였다. 시오도 976 번호가 붙은 로커에서 방한복을 꺼내 입었다. 포르는 시오를 보면 볼수록 왜 이곳에 오게 된 것인지 궁금해서 견딜 수가 없었다.

초고속 무빙 머신은 순식간에 노동자들을 지상으로 올려놓았다. 그곳에는 빙하 절단 로봇들이 서 있었다. 관리자들은 실내에서 버튼 하나로 로봇을 작동했지만 노동자들은 밖에서 일을 해야 했다. 로봇이 깬 빙하 조각을 남김없이 터널로 밀어 넣는 것이다. 터널은 지하까지 연결되어 있었다. 노동자들이 밀어 넣은 수백 킬로그램의 얼음 조각들은 해동 과정을 거쳐 냉각수가 되었다.

빙하 지대는 끝이 보이지 않게 펼쳐져 있었다. 가까이 얼음 산맥도 보였다. 빙하 체험 지대보다 열 배는 매서운 추위와 바람이 불어닥쳤다.

'이곳이 진짜 엘리시온의 현재야. 일 년, 이 년, 십 년, 백 년, 천 년, 일억 년…… 시간이 흐르면 지구가 그러했던 것처럼 이곳도 달라질까. 그때도 수장과 물질 소유자들은 여전히 존재하고 있을까.'

시오는 이곳의 차가운 공기와 냄새와 소리를 온몸으로 받아들이려 했다. 끝도 없이 펼쳐진 빙하 지대를 보며 생각에 잠겼다.

"976, 어디에다 정신을 팔고 있는 건가? 어서 작업을 해야지!"

관리자는 시오를 보며 소리를 높였다. 시오는 급히 손을 놀렸다.

노동자들은 관리자들의 감시 아래 쉴 틈 없이 얼음을 구멍에 밀어 넣었다. 혹독한 추위와 옅은 산소로 노동자들은 점점 지쳐 갔다. 시오도 마찬가지였다. 간간히 쓰러지는 노동자들이 있었다.

"그런 식으로 일하면 유전 물질 충전은 없을 것이다."

관리자들의 엄포에 노동자들은 힘겹게 일어나 작업에 몰두했다.

점심시간이 되자 노동자들은 간이식당에서 식사를 했다. 맛이 느껴지지 않는 정제된 음식이지만 허겁지겁 목구멍에 밀어 넣었다. 잠깐의 달콤한 휴식이 끝나고 고된 노동이 저녁까지 이어졌다.

서서히 태양이 지고 있었다. 하늘이 어두워지면서 별이 보이기 시작했다. 별 하나가 멀리서 반짝하는가 싶더니 별 둘, 별 셋, 점점 많은 별들이 하늘을 메워 나갔다. 별이 많아질수록 타냐의 기억이 짙어졌다. 서로 수백만 광년 떨어져 있지만 물리적인 공간이 무색하게 느껴졌다. 영혼의 교감이 되살아나는 것 같았다.

"자, 일을 마무리할 시간이다. 공장으로 돌아갈 테니 모두 장비를 정비하고 무빙 머신이 있는 곳으로 이동하도록."

관리자의 말에 시오를 비롯한 모든 노동자들이 일손을 놓았다.

노동자들은 충전소에서 유전 물질을 흡수하고 식당으로 모여들

216

었다. 넓은 공간에 식탁이 길게 이어져 있고 노동자들은 식판에 음식을 담아 빽빽이 붙어 앉았다. 식당 안은 그릇 부딪치는 소리와 노동자들의 대화로 소란스러웠다.

시오는 타베스를 찾았지만 보이지 않았다. 식사를 마친 뒤 시오는 원전 10호기 노동자들의 숙소가 있는 3층으로 올라갔다. 한 명이 간신히 지나갈 만한 공간을 사이에 두고 침대가 양쪽으로 늘어서 있었다. 침대 앞에는 노동자들의 번호가 붙어 있었다. 타베스는 맨 구석 침대에 걸터앉아 있었다. 그런데 왼쪽 손목에 붕대가 감겨 있었다.

"아저씨! 손목…… 어떻게 된 거예요?"

시오가 곁에 앉으며 물었다.

"공장에서 일을 하다가 다쳤어. 병원에서 처치를 받고 온 거야."

"그럼 이 상태로 계속 공장에서 일을 하는 거예요?"

"물론이야, 일을 하지 않으면 충전을 받을 수 없으니까."

"예전 같으면 금방 치료가 됐을 텐데……."

타베스가 절망스러운 얼굴을 했다. 시오가 물었다.

"아저씨, 괴로운 일이 있는 거예요?"

"사실은…… 두렵구나. 또다시 물질 결핍자가 될까 봐."

"……."

"대기원에서 날 보고 놀랐었지? 그때 내가 왜 물질 결핍자가 되었는지 아니? 여기 오기 전 제2공장에 있었을 때도 부상을 입어

너의 세계 ● 217

병원 치료를 받아야 했다. 다쳤다고 해서 봐주는 일은 없지. 이곳에서는 어떤 이유로든 할당량을 채우지 못하면 물질 충전을 받지 못해. 그러다 보면 어느 순간 물질 결핍자가 되는 거야. 나는 마침 원자력 발전소의 노동 인력으로 재배치받아 목숨만은 건진 거였지."

"다친 노동자들이 일을 못하면 물질 충전을 아예 안 해 준단 말인가요? 그럼 공장 노동자들의 수가 줄잖아요. 공장 운영에 타격이 오지 않나요?"

"아니, 오르도에서 하루에도 몇십 명씩 공장 지대로 오는걸."

"……."

"……상처를 금세 치료할 수 있는 방법이 아주 없는 것도 아냐."
타베스는 어렵게 말을 뱉었다.

"뭔데요?"

"야간 사냥단에 지원하면 그 대가로 이 정도 상처는 금방 낫게 하는 유전 물질 충전을 받을 수 있어."

"사냥요? 무슨 사냥요? 엘리시온에 우리 말고 다른 생명체는 모두 멸종했잖아요."

타베스는 눈을 감고 회상에 잠겼다.

"전에…… 입양이 무엇인지 알고 싶다고 했지?"

"네."

시오는 힘주어 대답했다.

"사냥단에 지원하면 확실히 알 수 있다."

시오와 타베스는 사무실로 들어갔다.

"무슨 일이지?"

하얀 가운을 입은 연구원이 뒤를 돌아봤다.

"사냥에 참여하려고 왔습니다."

"둘 다 처음인가?"

"976은 처음이고 전 제2공장에 있을 때 참여한 적이 있습니다."

"좋아, 여기에 번호를 적게."

시오와 타베스는 그가 내민 전자 화면에 각자 번호를 입력했다.

"이틀 뒤, 밤 9시에 광장으로 모이게."

"알겠습니다."

16

　밤이 깊어지자 공장은 어둠과 침묵에 휩싸였다. 노동자들은 모두 취침에 들어갔고 공장 가동도 중지되었다. 광장 중앙에 희미한 가로등 불빛이 내려앉았다. 뚜벅뚜벅, 사방에서 발소리가 들려왔다. 그들은 가로등 불빛 아래로 모여들었다. 광장 한편에 낯선 차량이 서 있었다.

　시오는 노동자들을 살펴보았다. 타베스와 자신을 포함해 모두 열 명이었다. 포르와 사냥꾼이 노동자들 앞에 섰다. 포르가 말을 시작했다.

　"너희들은 오늘 밤 사냥에 참여하게 되었다. 사냥은 밤새 이뤄진다. 사냥을 마치면 그 대가로 세포 재생력이 뛰어난 유전 물질을 충전받게 된다. 내 옆에 있는 사냥꾼이 너희들을 안내해 줄 것이다. 그럼 번호를 확인하겠다. 자신의 번호가 불리면 대답하도록."

포르가 번호를 불렀다.

"219, 465, 875, 942, 190, 210, 734, 521, 874, ……976."

포르는 976에서 머뭇거렸다. 노동자들의 얼굴을 살폈다. 끝에서 시오가 포르를 뚫어져라 보고 있었다.

'그래, 네가 세상에 어떻게 존재하게 되었는지를 아는 것도 나쁘지 않을 거야. 어차피 언젠가는 알게 될 일이니까.'

"그럼 잘 부탁합니다."

포르는 사냥꾼과 악수를 했다.

"모두 차량에 올라타라."

사냥꾼의 말에 노동자들이 발걸음을 옮겼다. 노동자들이 올라탄 차량 뒤편에는 무엇인가를 실을 수 있는 짐칸이 달려 있었다.

"사냥에 대해 간략하게 설명하겠다. 사냥터는 이곳에서 500킬로미터 떨어진 곳에 위치하고 있다. 고대 빙하 지대로 진입하기 전 방한복으로 갈아입고 각자 임무에 따라 알맞은 사냥 도구를 받게 될 것이다. 앞으로 한 시간은 이대로 있어도 좋다. 이만."

사냥꾼은 노동자들에게 등을 보이고 앞 좌석에 앉았다. 시오는 노동자들을 둘러보았다. 그들은 침울한 표정을 짓고 있거나 모자란 잠을 청하고 있었다. 모두 침묵했다. 사냥꾼과 함께이기 때문만은 아닌 것 같았다. 이루 말할 수 없이 어두운 분위기가 감돌았다.

시오는 창밖을 보았다. 검은 벽에 일정한 간격으로 달린 전등 불빛만 빠르게 뒤로 물러났다. 터널을 달린 지 한 시간이 지나자 차량이 멈췄다.

"내려라. 이곳에서 옷을 갈아입고 나면 사냥 무기를 주겠다."

노동자들은 차례로 내려 작은 건물 안으로 들어갔다. 그곳에 방한복이 있었다. 노동자들은 말없이 옷을 입었다. 옷의 팔 부분에 빨간색 혹은 초록색 완장이 붙어 있었다. 구석에 있던 타베스는 아픈 손목 때문인지 옷 입는 것을 버거워했다. 시오가 도와주었다.

사냥꾼이 말을 시작했다.

"우리가 갈 곳은 고대 빙하 지대다. 그곳에 존재하는 생명체를 사냥할 것이다."

시오는 화들짝 놀랐다. 고대 빙하 지대는 얼음 속에 갇혀 버렸고 그곳에는 아무도 살지 못한다고 배웠기 때문이다.

'생명체라니! 우리 행성에 엘리시안이 아닌 다른 생명체가 살고 있다는 얘기는 한 번도 들어 본 적이 없어. 설령 있다 해도 왜 사냥하는 거지?'

시오는 타베스를 보았다. 타베스는 지그시 시오를 보았다. 그의 눈빛은 지금은 아무것도 말할 수 없다고 전하는 듯했다. 사냥꾼은 계속 말을 이어 나갔다.

"고대 빙하 지대에서 어떤 위험이 닥칠지 모르니 모두 차에 부착된 안전장치를 두르기 바란다. 그럼 사냥에 필요한 도구를 나누어 주겠다."

사냥꾼이 은색 상자를 뜯자 그 안에서 산소통과 가죽 가방이 나왔다.

"사냥단은 두 그룹으로 나뉜다. 붉은 가방을 받은 자들이 제1그룹, 초록 가방을 받은 자들이 제2그룹이다. 그룹별로 임무가 다르다. 고대 빙하 지대는 산소가 희박하므로 산소통을 메고 들어갈 것이다. 가방에 든 총에는 마취제가 들어 있다. 적중률도 중요하지만 일단 보이는 대로 총을 겨눠야 한다는 사실을 잊지 말도록. 1그룹은 태어난 지 만 2, 3세가 되는 생명체를 사냥한다. 2그룹은 사냥이 끝난 뒤 사냥물을 짐칸에 싣고 결박한다."

시오와 타베스는 붉은색 가방을 받아 1그룹이 되었다. 노동자들은 산소통을 어깨에 멨다. 차량이 움직이기 시작했다. 방한복을 입었지만 기온이 급격히 떨어진 걸 느낄 수 있었다.

차량은 가파른 빙산을 오르내렸다. 차가 좌우로 흔들려 속이 울렁거렸지만, 시오는 앞에 펼쳐진 광경에서 눈을 떼지 못했다. 세상이 얼음으로 뒤덮여 있었다. 높이를 가늠할 수 없는 빙산은 보기만 해도 아찔했다.

이곳은 산소의 영향이 거의 닿지 않았다. 즉 엘리시온이 과학 기술을 활용해 지구 환경으로 바꾸기 전, 인간의 유전 물질이 보급되기 전의 시공간이 유지되고 있는 셈이었다. 산소통을 떼어 낸다면 숨쉬기도 벅찰지 몰랐다.

긴 시간 덜컹거리며 좁은 협곡을 통과하자 광장처럼 넓은 곳이 나타났다. 차량의 헤드라이트가 앞쪽을 밝혔다. 사방에 크고 작은 건물의 흔적이 보였다. 시오 앞에 몰락한 고대 문명의 잔재들이 펼쳐져 있었다. 마치 폭격을 맞은 폐허의 장소 같았다. 지구를 알기 전 종족들이 존재했던 바로 그 역사적인 공간이었다.

차량이 멈췄다.

"자, 다들 자신의 사냥 도구를 들고 차에서 내린다."

사냥꾼의 말이 떨어지자 모두가 일사불란하게 움직였다. 곳곳에 자그마한 동굴 입구가 보였다. 노동자들은 차에서 내리자마자 동굴로 들어가 수색을 시작했다.

시오는 머뭇거렸다.

"그러고 있다가는 사냥꾼이 널 가만두지 않을 거야. 날 따라와."

타베스는 시오의 손을 붙잡고 이끌었다. 사방에서 총소리가 들렸다. 숨어 있던 생명체들이 모습을 드러냈다. 그들은 혹독한 추위에서 살아남기 위해 온몸에 길고 빳빳한 진회색 털이 솟아나 있었다. 두 다리로 간신히 서기 시작한 듯한 모습이었다. 놀란 시오는 그들을 지켜보고만 서 있었다.

"뭐 하는 건가? 저기 새끼가 있잖아. 어서 발사해야지!"

사냥꾼이 날카로운 눈초리로 시오를 보며 소리를 질렀다.

"처음이라 그래요. 제가 잘 가르치겠습니다."

타베스가 끼어들었다. 타베스는 시오가 총부리를 단단히 붙잡고 있도록 자세를 잡아 주고 소리쳤다.

"방아쇠를 당겨! 총에 맞아도 저들은 죽지 않아. 그러니까 당겨!"

시오는 엉겁결에 방아쇠를 당겼다. 총에 맞은 어린 생명체들은 고통스러운 신음을 토해 내며 쓰러졌다. 총알을 피한 나머지 생명체들은 부서진 폐허 속으로 몸을 숨기기에 급급했다. 사냥꾼은 득달같이 그들을 쫓아가 총을 쏘았다. 시오는 아무것도 할 수 없었다. 몸과 마음이 모두 굳어 버렸다.

"2, 3세 정도 되어 보이는 생명체들은 모두 차량에 실어라."

사냥꾼의 명령에 2그룹 노동자들이 움직였다.

"넌 뭐야! 왜 가만히 있는 거야!"

사냥꾼이 시오의 정강이를 발로 걷어찼다. 생명체들에게 총을 겨누고 있던 타베스가 깜짝 놀라 시오를 보았다. 시오도 타베스를 보았다. 타베스의 얼굴은 고통으로 짓눌려 있었다.

"이 자식이 진짜!"

사냥꾼은 또다시 시오의 정강이를 걷어찼다. 시오는 쓰러졌다. 하지만 아픔이 느껴지지 않았다. 묵직한 공포와 슬픔이 아픔을 삼켜 버렸다. 타베스가 다가와 시오를 일으켜 주었다.

"정신 차려! 시오!"

타베스는 시오를 데리고 생명체들이 숨어 들어간 폐허를 헤집기 시작했다. 작은 생명체가 보였다. 눈이 검고 맑았다. 그 옆에서 몸집이 커다란 생명체가 이빨을 드러낸 채 시오를 위협했다. 시오는 눈을 감고 총을 쐈다. 픽 소리와 함께 어린 생명체가 옆으로 쓰러졌다. 다리에 주사기가 꽂힌 채 곧 의식을 잃었다. 시오는 생명체를 안았다. 축 처진 몸이 너무나 가벼웠다. 손이 떨렸다. 아무리 중심을 잡으려 해도 자꾸만 몸이 떨렸다.

어느새 다른 이가 다가와 이빨을 드러내며 화를 내는 큰 생명체도 마저 쐈다. 생명체는 입을 벌린 채 쓰러졌다.

"괜찮니?"

타베스는 시오 곁에 붙어 섰다.

"저 큰 생명체는 뭐죠?"

"네가 안고 있는 생명체의 어미야."

그 말을 듣는 순간, 온몸에서 힘이 빠져나가 똑바로 서 있을 수가 없었다. 시오는 지구에서 보았던 어미 곰의 처절한 눈빛이 떠올랐다.

"생명체들을 모두 옮겨라."

사냥꾼이 다그치듯 말했다.

"저들은 죽은 건가요?"

시오는 떨리는 목소리로 타베스에게 물었다.

"아냐, 몇 시간에 뒤면 다시 깨어날 거야."

"그럼 어떻게 되나요?"

"연구실로 옮겨져 뇌의 성장을 막는 약물을 투여받겠지."

"뇌의 성장을 막다니요?"

"생명체들은 만 5세가 되면 뇌가 폭발적으로 발달해. 그걸 억제하는 약물이야. 쉽게 말하면 바보로 만드는 약물을 투입하는 거지. 그러지 않으면 저들이 어떠한 소요를 일으켜 오르도를 위협해 올지 모르니까. 한 번 맞으면 영구적으로 효과가 있어. 약물을 투입한 뒤 대부분은 다시 이곳으로 옮겨 놓는단다. 또다시 새끼를 낳아야 하니까. 한마디로 저들은 생명체를 낳는 기계에 불과해."

어디선가 고통 어린 신음 소리가 들려왔다.

"모두 차량에 올라타라! 곧 돌아갈 것이다."

사냥꾼이 재촉했지만, 시오는 방금 들린 소리를 모르는 척할 수 없었다. 소리의 진원지를 찾아 고개를 두리번거렸다.

"976! 어서 와. 가야지!"

타베스가 다급하게 불렀다. 하지만 시오에게는 어떤 말도 들리지 않았다. 시오는 쓰러진 기둥 뒤를 살폈다. 그곳에 힘겨워하는 생명체가 있었다. 진회색 털은 땀으로 흠뻑 젖어 있었다. 옆으로 누워 깊은숨을 들이쉬고 마시기를 반복했다. 배가 유난히 부풀어 있었다. 배 속에서 꿈틀거리는 움직임이 보였다.

"976! 976!"

타베스가 시오를 데리러 왔다.

"여기서 뭐 하는 거냐?"

"저길 보세요."

시오는 조용히 생명체를 가리켰다. 타베스가 그 모습을 보더니 눈을 크게 떴다.

"생명이 태어나는 순간이다!"

"생명요?"

타베스는 고개를 끄덕였다. 시오는 어미의 울부짖는 고통이 고스란히 자신에게 전해지는 것 같았다. 어미는 온몸에 힘을 주었다. 어미의 다리 사이에서 새로운 생명이 탄생했다. 어미와 새끼 사이에는 줄이 이어져 있었다. 어미는 그 줄을 스스로 잘랐다.

'탯줄이야. 생명은 저런 고통스러운 순간을 거쳐 태어나는 것이구나.'

시오는 처음 보는 종족의 탄생 앞에서 숙연함을 느꼈다.

타베스는 더 이상 지체할 수가 없었다. 시오의 팔을 잡고 차량으로 이끌었다. 시오는 넋이 나간 채, 타베스가 이끄는 대로 따라갔다. 동굴을 나오면서 벽에 그려진 그림을 보았다. 생명체들이 벽에 남겨 둔 그림이었다. 타냐가 알래스카의 동굴 속에서 그렸던 그림이 떠올랐다. 타냐와 나눴던 영혼의 교감이 되살아나 자신의 세포 하나하나에 깃드는 듯했다.

'생명은 저렇게 탄생하는 거야. 고통과 아픔을 겪으며 힘겹게 세상으로 나오는 거야.'

시오는 가슴이 뻐근하도록 아팠다.

사냥꾼과 노동자들은 모두 차량에 올라탔다. 차가 움직이기 시작했다. 모두 지친 듯 잠이 들었다. 시오는 몹시 피곤했지만 잠이 오지 않았다. 오래전 자신들이 살았던 고대 문명지의 잔상이 머릿속에 선명하게 남아 있었다. 시오는 유전 물질 흡수 칩을 만졌다. 그러다 어느 순간 잠이 들고 말았다.

잠에서 깨어나자, 시오는 낯선 곳에 도착해 있었다. 주변은 어두웠고 사방이 회색 콘크리트 벽으로 둘러싸인 텅 빈 곳이었다.

"여긴 어디죠?"

시오는 옆에 있는 타베스에게 물었다.

"아토무스의 지하 연구실."

시오는 아토무스에 이런 곳이 있다는 것이 믿기지 않았다. 그리고 엘리시안이 왜 생명체의 존재를 숨겨 왔는지, 사냥은 왜 하는 것인지 궁금해졌다. 시오는 타베스에게 물었다.

"저들이 진짜 우리 모습이야. 지금 사냥을 해 온 어린 생명체들은 대부분 억제 약물을 주입한 뒤 고대 빙하 지대로 돌려보내지지만, 그중 일부로는 인간을 닮은 엘리시안을 만들어. 저들의 배꼽을 없애고 그 자리에 유전 물질 흡수 칩을 넣는 거지. 그리고 부모가 될 어머니와 아버지의 유전자를 바탕으로 엘리시안의 몸을 만들어. 너도 나도 그렇게 인간을 닮은 엘리시안이 된 거야."

시오는 그제야 테라가 말한 입양이 무슨 뜻인지 알게 되었다. 자신은 테라와 라돈이 영혼을 나눔으로써 태어난 아이가 아니었다.

"그럼 엘리시온에서 가족은 유전자를 보전하기 위한 수단일 뿐인가요?"

"맞아."

"모두 차에서 내려라. 생명체들을 연구실로 옮겨야 한다."

사냥꾼이 큰 소리로 외쳤다. 시오와 타베스는 대화를 멈추고 노동자들과 함께 차에서 내렸다.

시오와 타베스, 노동자들은 생명체들을 가둔 우리를 무빙워크에 올리고 철문 안으로 들어갔다. 무빙워크 끝에 이르자 연구원들이 우르르 나왔다. 시오는 연구원들을 보고 화들짝 놀랐다. 그들 중에 카르와 디온, 몰리스가 있었다. 시오는 친구들이 자신을 볼까 봐 몸을 수그렸다. 하지만 팔목에 새겨진 976이란 숫자를 본 순간 그것이 헛된 행동임을 알았다. 카르와 디온, 몰리스는 시오 옆을 아무렇지 않게 지나치며 생명체들의 건강을 체크했다.

연구원들이 생명체들을 안고 연구실 안으로 들어갔다. 그런데 자동문이 열릴 때마다 연구실 한쪽에 물질 결핍자들이 갇혀 있는 것이 보였다. 시오는 저들이 왜 이곳에 있는지 궁금했다.

"다 접수했으니 돌아가도 좋다."

카르가 시오와 노동자들을 보며 말했다. 시오는 쉽사리 그 자리를 벗어나지 못했다. 카르와 디온, 몰리스를 뚫어져라 보았다. 그들이 연구실 안으로 들어가 보이지 않을 때까지.

'우리가 다시 만날 수 있을까? 만날 수 있겠지? 있을 거야.'

시오는 마음을 다잡고 타베스에게 다시 질문을 던졌다.

"안에 물질 결핍자들이 갇혀 있던데요. 그들은 어떻게 되는 거죠?"

"……."

"어서 알려 주세요."

타베스는 힘겹게 말을 시작했다.

"저들은 생체 실험에 이용돼."

"생체 실험……. 그게 정말인가요? 그래서 노동자들이 힘겨운 노동을 버티는 거군요. 유전 물질을 충전받아 결핍자가 되지 않으려고요."

시오는 읊조리듯 말했다.

"나도 전에 사냥을 한 적이 있었어. 한 번 겪은 이후 다시는 하지 않겠다고 결심했지. 결국 난 물질 결핍자가 되고 말았다. 이제 두 번 다시 물질 결핍자가 되고 싶지 않아. 그래서……."

타베스는 흐느끼듯 말했다.

"왜 기숙 학교에서는 이 사실을 가르쳐 주지 않죠?"

"어린 너희들이 감당할 수 없기 때문이지. 만약 네가 계획대로 물질 탐사를 마치고 왔다면 너 역시 세뇌 교육을 받았을 거야. 엘리시온 시스템에 거부감을 느끼지 못하도록 하는 교육을."

"그럼 제 친구들은 모두 그 교육을 받은 건가요?"

타베스는 고개를 끄덕였다. 시오는 알 수 없는 미래에 대한 두려움이 차올랐다. 자신이 할 수 있는 것은 아무것도 없었다. 암흑 속에 갇힌 듯했다. 그 순간 멀리서 빛이 일면서 타냐가 떠올랐다. 불안했다. 타냐를 다시 만날 수 있을까. 두려웠다. 이곳에서 두려움을 극복하는 방법은 단 한 가지뿐이다. 기억하는 것이다. 타냐의 얼굴을, 목소리를, 체취를, 싯카 섬의 냄새를, 움직임을, 영혼을. 그리고 바라는 것이다. 타냐와 다시 만나기로 한 약속을 지킬 수 있기를. 시오는 별이 보고 싶어 하늘을 쳐다보았다. 하지만 이 거대한 지하 세계에는 별이 존재하지 않았다.

17

　시오는 몸을 웅크린 채 침대에 누워 있었다. 어젯밤 사냥의 경험이 하루 종일 시오를 붙잡고 있었다. 특히 생명이 탄생하던 순간을 잊을 수가 없었다. 어린 생명이 어미의 배 속에서 나오는 고통의 순간을. 그것이 사랑이라면 사랑에는 희열과 고통이 동반된다는 뜻이었다. 시오는 타냐를 생각했다. 타냐와 하나가 되었을 때 그의 가슴속에는 희열과 슬픔이 동시에 일었다. 시오는 사랑에 대한 깊은 상념에 빠져들었다. 그러자 타베스가 떠올랐다.

　'아저씨는 왜 포르를 대신해 이곳에 온 걸까? 모두가 어리석다고 한 행동. 누구도 하지 않은 선택. 노동자의 최후가 어떤 것인지 뻔히 알면서 왜, 어째서……'

시오는 당장이라도 답을 듣고 싶어 타베스의 숙소로 향했다. 타베스는 자신의 침대에 앉아 있었다.

"안 그래도 널 만나러 가려고 했다."

시오는 타베스의 팔목을 살펴보았다. 어젯밤 사냥이 끝나고 난 뒤 받은 유전 물질 충전으로 상처가 말끔히 나아 있었다.

"기분도 별로인데 휴게실에나 갈까? 독특한 음료를 마실 수 있거든."

"좋아요."

휴게실은 침침한 조명 때문에 어두웠다. 여러 개의 둥근 탁자에 노동자들이 삼삼오오 모여 음료를 마시며 이야기를 나누고 있었다. 시오는 구석에서 누군가 담배를 피우고 있는 모습을 힐끗 보고는 자리에 앉았다. 휴게실 주인 남자가 다가와 무엇을 마실 거냐고 묻자 타베스가 알코올이 든 음료를 시켰다.

"이건 내가 사마."

타베스는 주인이 가져온 기계에 손목을 대어 유전 물질을 지불했다.

타베스는 담배를 피우는 노동자를 힐끔 보았다.

"담배는 우리에게는 치명적이지만, 답답함을 견딜 수 없으니 저러는 거겠지. 불법이지만 수입을 올리는 데만 관심이 쏠려 있는 주인은 암묵적으로 못 본 척해 준단다. 어차피 손해는 담배를 피우는 노동자가 보니까. 넌 손댈 생각도 하지 마라."

"알겠어요."

둘의 대화가 오가는 사이 음료 두 잔이 각자 앞에 놓였다. 음료는 탄산이 섞여 있어 기포가 일었다.

"한 잔 정도는 기분을 좋게 하지. 마셔 봐라."

타베스가 먼저 음료를 마시고는 시오에게 권했다. 시오도 한 모금 마셨다. 입 안에 짜릿함이 번져 나가며 서서히 기분이 달떴다.

"힘들지?"

"그래도…… 오늘은 지상의 빙하 지대에서 별을 봐서 좋았어요."

시오는 잔을 만지작거리며 말했다.

"별을 보아 좋았다고?"

타베스는 시오의 표정을 눈여겨보았다. 시오의 눈에서는 한 번도 보지 못한 특별한 빛이 나오고 있었다.

"시오, 지구에서 무슨 일이 있었던 거지? 그래서 이곳으로 온 거고. 라돈 님은 이 공장의 소유자고 테라 님도 숲의 소유자인데 넌 왜 여기 온 거지?"

"그 전에 아저씨, 저도 아저씨에게 묻고 싶은 게 있어요. 아저씨는 왜 포르를 대신해서 이곳에 왔나요?"

타베스는 당황한 듯 보였으나 한숨을 내쉬고는 입을 열었다.

"나도 모르겠다. 누구보다 포르가 행복하길 바랐지. 포르가 이곳에서 고통스러운 삶을 산다고 생각하니 참을 수 없었어. 물론 쉬운 결정은 아니었지만, 여기서 포르를 보니 잘했다는 생각이 들어."

"그건 아저씨가 포르를 사랑하기 때문이에요."

"사랑? 그건 인간들의 쾌락 아니냐?"

"쾌락…… 맞아요. 하지만 그게 전부는 아니에요. 인간만이 사랑을 느낄 수 있는 것도 아니고요. 사랑을 느낄 수 있다는 건 아저씨 안에 영혼이 있다는 뜻이에요."

"영혼은 인간에게만 있지 않니? 그런데 어떻게……."

"……전 영혼을 찾으러 알래스카에 있는 싯카 섬에 갔어요. 그곳에서 새로운 사실을 알았어요. 우리에게도 영혼이 있다는 것을요."

타베스는 놀란 표정을 지으며 들고 있던 잔을 내려놓았다.

"정확히 말하면 지구에 존재하는 인간과 동물, 모든 생명체들에게 영혼이 있어요. 지구뿐 아니라 우주에 존재하는 모든 이들에게요. 수장, 물질 소유자들, 노동자들, 또 물질 결핍자들에게도 영혼은 있다고요."

시오는 자신도 모르게 소리를 높였다. 주변에 있는 이들이 시오를 흘깃거렸다.

"목소리를 낮춰라."

타베스가 속삭이듯 말했다. 시오는 음료를 한 모금 더 마셨다.

"그게 사실이니?"

타베스의 목소리가 떨렸다.

"네, 지구에서 강제로 소환된 뒤 심사 과정에서 수장은 제 기억을 지우라고 했어요. 하지만 전 지우지 않겠다고 했어요. 그래서 공장으로 오게 됐죠."

"영혼의 존재라는 게…… 기억을 지우지 않고 이곳에 올 정도로 가치 있는 것이니? 믿을 수 없구나."

"다른 이들은 몰라도 아저씨는 받아들여야 해요. 아저씨는 포르를 위해 이곳에 왔잖아요. 그 마음이 사랑이라고요. 그건 아저씨에게도 영혼이 있다는 증거예요. 외형은 중요한 게 아니에요. 모든 생명체의 삶은 소중해요. 죽음도 두려워만 할 일이 아니라고요."

그때 건너편 탁자에서 우당탕하고 요란한 소리가 들려왔다. 한 노동자가 쓰러진 것이었다. 시오와 타베스는 그곳으로 달려갔다. 다른 노동자들도 탁자 쪽으로 모여들었다.

"응급대원들을 부를 테니 모두 비켜 주십시오."

주인이 소리를 높인 뒤 병원으로 연락을 취했다. 그사이 타베스는 쓰러진 자의 번호를 확인했다.

"10호기 원전에서 나와 함께 일했던 568이야."

타베스가 시오에게 다급한 목소리로 말했다. 곧 응급대원들이 도착했다. 그들은 568을 데리고 병원으로 향했다.

18

　노동자 568은 응급실로 들어갔다. 의료진이 쓰러진 노동자의 세포 스캔을 시작했다. 갑상선에서 세포 변형이 빠르게 일어나고 있었다.

　"라돈 님에게 연락해."

　의사가 보조 연구원에게 말했다.

　보고를 받은 라돈은 병원에 도착하자마자 연구실로 들어갔다.

　"혹시 원전 내에 방사능이 누출되었습니까?"

　의사는 라돈을 보자마자 물었다.

　"그런 일은 절대 없습니다."

　"검사 결과, 암세포가 활성화되고 있습니다."

"암이라면?"

라돈의 얼굴에 어두운 그림자가 드리워졌다.

"물론 암세포도 유전 물질 충전을 하면 정상 세포로 재생시킬 수 있지만 그렇게 했다가는 막대한 비용이 듭니다."

라돈은 고민에 휩싸였으나 곧 결단을 내렸다.

"일단 제 물질을 지불할 테니 이자에게 충전을 시키십시오."

"알겠습니다. 그리고…… 이 상황을 아토무스에 보고해야 합니다."

"이번만 넘어가 주십시오. 제가 원인을 알아보고 바로 조치를 취할 테니. 부탁드립니다."

라돈이 고개를 숙이며 간청했다.

"제 입장이 곤란해집니다."

"해가 되지 않도록 할 테니 며칠만 기다려 주십시오."

의사는 난감한 표정을 지었다.

"제가 소유한 유전 물질을 지금 당장 지불하겠습니다."

라돈의 말에 구겨졌던 의사의 인상이 조금 풀렸다. 의사는 바로 노동자 568을 유전 물질 충전소로 이동시키라는 지시를 내렸다. 그리고 라돈과 함께 그리로 자리를 옮겼다.

라돈은 568의 회복 과정을 확인하고 자기 방으로 돌아왔다. 방사능에 대한 대비를 철저히 했는데도 노동자들에게 세포 변형이 일어나다니 원인을 찾아야 했다. 그리고 노동자들 사이에 이번 일이 절대로 알려지면 안 된다고 되뇌었다. 라돈은 바로 연구원들을 불러 모았다. 모든 연구원들에게 원전 1호기부터 10호기까지 방사능 수치를 분석하라고 지시했다. 연구원들은 안전복을 착용하고 밤새 원전 구석구석을 돌며 방사능 누출을 확인했다.

작업은 새벽이 되어서야 끝이 났다. 라돈과 연구원들은 공장 내 회의실에 모여 앉았다.

"방사능 수치는 0.1밀리시버트 정도입니다. 이 정도로 피폭 반응이 나타날 리 없습니다. 인간들이 흉부 엑스레이를 촬영할 때 노출되는 수치보다 작습니다."

연구원이 말했다. 라돈은 더 큰 고민에 휩싸였다. 차라리 정확한 원인이 있다면 해결점을 찾을 수 있을 텐데, 해결의 실마리조차 보이지 않으니 더 막막했다. 한 번이야 자신의 유전 물질로 충당하면 되지만 이런 일이 더 많은 노동자에게 발생한다면 문제가 커진다. 노동자들을 위해서 물질 소유자들의 물질을 들이부을 수는 없었다. 그렇게 하면 원자력을 이용해 에너지를 생성하는 것이 무의미해지기 때문이다.

"일단 급한 불은 껐으니 연구원들은 여러 각도로 살펴보도록. 그리고 정확한 원인을 찾을 때까지 노동자들의 휴게실 출입을 금지하게. 거기서 알코올을 마시거나 몰래 담배를 피우는 이들이 있으니까. 우리가 제공하는 음식 외에 어떤 것도 허락하지 말고 노동자들의 몸 상태에 신경 쓰게."

다음 날 아침, 병원에 후송되었던 노동자 568은 건강한 상태로 돌아왔다. 식당에서 그의 곁으로 노동자들이 몰려들었다. 그의 몸을 살피며 괜찮으냐고 묻자 568은 별일 아니었다면서 아무렇지 않은 듯 으스댔다. 시오와 타베스는 조금 떨어져서 그 모습을 보았다.

방송이 흘러나왔다.

"공지 사항을 알리겠다. 오늘부터 저녁 휴게실 출입은 금지다. 부득이하게 결정된 일이니 모두 잘 지키도록. 그럼 오늘 하루도 힘차게 일하길 바란다."

노동자들 사이에서 볼멘소리가 흘러나왔다. 누군가 격하게 불만을 토로하자 그에 힘입어 여기저기서 불평이 터져 나왔다. 관리자들이 그들 앞으로 다가갔다.

"조용히 해! 너희가 누구 때문에 인간의 모습을 하고 있는데! 싫으면 여기서 나가! 그래 봤자 너희가 갈 데가 어디일 것 같아? 땅굴뿐이야. 그곳에서 물질 결핍자가 되어 떠돌아다니다 사냥꾼들에게 잡히는 게 너희들 미래야. 그걸 원한다면 마음대로 행동하라고!"

순식간에 노동자들은 잠잠해졌다.

어제의 사건과 휴게실 출입을 연관 짓다니 시오는 아무리 생각해도 이상했다. 게다가 노동자의 일거수일투족을 감시하고 통제하는 관리자의 행태에도 화가 났다. 시오는 자신의 생각을 타베스에게 말했다.

"그래, 나도 찜찜하다. 하지만 일단은 시키는 대로 하는 게 좋을 것 같구나."

"그래야 할까요?"

"아니면 우리가 무엇을 할 수 있겠니?"

타베스가 먼저 자리를 벗어났다. 시오는 타베스가 점점 의기소침해지는 것 같아 덩달아 힘이 빠졌다. 시오는 답답함을 안은 채 무빙 머신 쪽으로 향했다.

시오는 일을 마치고 식당으로 들어갔다. 노동자들도 하나둘씩 모여들었다. 노동자들은 무기력해 보였다. 표정에 생기도 없고 죽지 못해 살아가고 있는 듯했다. 시오 역시 문득문득 깊은 수렁 속으로 빠져드는 기분이 들곤 했다. 시오는 아직까지 기억에 생생히 남아 있는 타냐를 떠올렸다. 그러면 심장이 빠르게 뛰며 살아 있음을 느낄 수 있었다. 시오는 중요한 결심을 했다. 자신이 지구에서 경험한 일들을 다른 노동자들에게 이야기해 주는 것이다.

멀리 타베스가 보였다. 시오는 식판을 들고 타베스 옆에 앉았다. 타베스가 포크를 내려놓았다.

"아저씨, 왜 더 먹지 않으세요?"

"식욕이 없구나."

시오는 타베스 얼굴을 자세히 보았다. 얼굴이 누렇게 뜨고 볼살도 홀쭉해져 있었다.

"어디 아프신 거 아니에요?"

"아냐, 기운이 좀 없을 뿐이야."

시오는 자신의 결심을 타베스에게 전했다. 타베스는 고개를 갸우뚱했다.

"노동자들이 네 이야기를 믿어 줄까?"

"믿든 안 믿든 그건 나중 문제 같아요. 일단 시도해 보고 싶어요."

"좋아, 내가 도와주마."

시오와 타베스는 숙소로 올라왔다. 노동자들은 일찌감치 잠을 자거나 무리 지어 이야기를 나누거나 게임을 즐겼다.

"안녕하세요?"

시오는 한 무리 속으로 들어갔다. 그들은 경계의 눈빛으로 시오를 올려다보았다. 그 안에는 빙하 채취단에서 함께 일하는 432도 있었다.

"976, 너도 게임하고 싶어서 온 거냐?"

"그건 아닙니다. 제가 여러분께 들려 드릴 이야기가 있어서요. 우리에게 영혼이 있다는 이야깁니다."

노동자들은 시오의 말을 듣고는 몸이 굳은 것처럼 행동을 멈추었다.

"너 따위가 뭐라고 그런 헛소리를 지껄이는 거냐?"

432가 화를 냈다.

"자자, 976 이야기를 들어나 보고 진짠지 아닌지 판단하십시다. 나도 처음에는 안 믿겼는데 듣다 보니 흥미가 당기더라고요. 어차피 할 일도 없는데 얘기나 들어 보자고요."

타베스가 끼어들며 말했다. 타베스는 432를 다독이고는 시오를 향해 계속하라는 눈짓을 보냈다. 주춤했던 시오는 말을 이어 나갔다. 시오는 지구의 알래스카 싯카 섬에 갔던 이야기를 했다. 그곳에서 경험하고 느낀 것들을 풀어 놓았다. 숲의 공기와 바람, 햇살, 수많은 생명체 이야기를 했다. 그 안에 살아 있는 영혼에 대해 들려주자 노동자들의 관심이 눈에 띄게 높아졌다. 이야기가 무르익어 갈 무렵 많은 노동자가 시오 곁에 둥글게 모여 앉았다.

그때 연구원들과 관리자들이 숙소를 돌고 있었다. 복도를 지나던 포르는 많은 노동자가 모여 있는 것을 보고 안으로 들어왔다. 시오의 목소리가 새어 나오자 일단 잠자코 들어 보았다. 이야기를 듣다 보니 포르는 비로소 시오가 왜 공장 지대로 왔는지 알게 되었다. 더는 가만히 있을 수 없었다.

"다들 모여서 무슨 이야기를 하는 건가?"

노동자 무리 뒤에서 포르가 소리쳤다. 겁에 질린 노동자들이 일제히 흩어졌다. 포르는 무리의 중심에 시오가 있었음을 눈으로 확인하자 화가 치솟았다. 당장 시오의 목덜미를 잡고 무작정 복도로 끌어냈다.

"이러지 마십시오."

타베스가 쫓아 나와 둘을 떼 놓았다.

"874, 비켜. 날 방해하면 당신도 가만두지 않을 거야."

"너나 그만둬. 이분은……."

시오는 작지만 다부진 목소리로 말했다. 당황한 타베스는 도중에 시오의 입을 막아 버렸다. 타베스는 시오를 보고 제발 말하지 말아 달라는 간절한 눈빛을 보냈다. 그러고는 허둥대며 숙소 밖으로 나가 버렸다.

포르는 시오를 노려보며 말했다.

"이제야 알았어, 왜 네가 이곳에 오게 되었는지. 여전히 넌 잘난 척을 하지 못해 안달이 나 있어. 감히 인간의 영혼을 입에 올리다니. 허무맹랑한 거짓을 유포한 죄로 넌 벌을 받게 될 거야. 기대하라고."

"뭐라고?"

포르는 되묻는 시오를 남겨 둔 채 발길을 돌려 기숙사 밖으로 사라졌다.

19

다음 날 이른 아침 느닷없이 관리자 두 명이 기숙사로 찾아왔다.

"976! 976이 누구야!"

노동자들은 관리자들의 험상궂은 표정을 보고 주눅이 든 채로 침묵을 지켰다.

"제가 976입니다."

시오가 침대에서 일어나며 말했다. 관리자 둘은 시오의 양팔을 잡았다. 시오는 끌려가면서도 외쳤다.

"갑자기 왜 이러는 겁니까! 이유를 말해 주십시오!"

"잠자코 따라와라."

그들이 시오를 데리고 멈춰 선 방문에는 '원자력 발전소 관리실'이라는 푯말이 붙어 있었다. 관리자들이 노크를 하자 들어오라는 라돈의 목소리가 새어 나왔다. 긴장으로 굳어진 시오의 등줄기에서 땀이 흘러내렸다.

안으로 들어가자 라돈이 의자에 등을 기대고 앉아 있었다. 시오는 라돈과 눈이 마주치자 몸 밖으로 심장이 튀어나올 것 같았다.

"수고했네. 이제 나가 봐."

관리자들은 고개를 숙여 인사를 한 뒤 밖으로 나갔다. 시오는 꼼짝없이 서 있었다. 둘 사이에 팽팽한 긴장감이 감돌았다. 라돈은 시오 곁으로 다가왔다. 라돈은 시오의 회색 피부를 보았다. 시오는 눈으로만 라돈의 움직임을 좇았다.

"976."

라돈이 입을 여는 순간 시오는 아찔했다. 눈물이 왈칵 쏟아질 것만 같았다.

"네가 시오라고?"

시오의 동공이 확장되었다.

"포르가 알려 주었지. 그런데…… 날 닮은 데가 이젠 한 곳도 없구나."

시오는 입을 다물었다.

"네가 여기 있는 줄은 몰랐다."

"……."

"노동자들에게 영혼에 대해 떠들지 마라. 마지막 경고다. 이마저 무시한다면 강제로 네 기억을 지울 수밖에 없다."

라돈은 차갑게 말했다.

"절 마음대로 할 수 있다고 생각하세요?"

시오는 매서운 눈초리로 라돈을 쳐다보았다.

"내가 못 할 것 같니?"

"전 제가 느낀 바를 언제라도 이야기할 수 있어요. 전 이미 어떤 상황이든 받아들일 각오가 되어 있어요."

시오가 당당하게 말했다.

"끝까지 해보겠다는 거냐?"

"……."

라돈은 뒤돌아섰다. 시오를 보자 가슴 밑바닥에서 뜨거운 것이 용솟아 올랐다. 그 감정이 낯설고 두렵기까지 했다. 하지만 자신에게 밀려든 이 감정을 시오에게 들키고 싶지 않았다. 라돈은 관리자들을 불렀다.

"976을 그만 보내라."

"예? 그냥 보냅니까?"

"그래."

라돈은 간신히 힘을 주어 말했다. 관리자는 말없이 시오를 데리고 나왔다. 라돈의 가슴과 손끝에 통증이 밀려왔다. 라돈은 고통을 삭이려는 듯 가슴을 꾹 눌렀다.

시오는 식판을 받아 놓고 앉았지만 입맛이 없었다. 복잡한 심정을 달랠 방법이 없었기 때문이다. 타베스를 만나고 싶었다. 어제 몸이 안 좋아 보였던 것이 마음에 걸렸다. 시오는 원전 10호기 노동자들이 모여 있는 곳으로 다가갔다.

"874 못 봤어요?"

"입맛이 없다며 숙소에 있겠다고 했어."

한 명이 무심히 말했다. 시오는 숙소로 올라갔다.

타베스는 몸을 둥글게 만 채 누워 있었다. 시오는 얼른 달려가 타베스의 얼굴을 살폈다. 어제보다 더 창백했고 머리카락은 땀으로 젖어 있었다. 이마에 손을 얹으니 뜨거웠다. 타베스는 입을 반쯤 벌리고 힘겹게 숨을 내쉬고 있었다.

"아저씨! 아저씨! 정신 차리세요!"

시오의 외침에 주변에 있던 몇몇 노동자들이 모여들었다. 시오는 숙소 벽에 설치된 비상벨을 눌렀다. 잠시 뒤 포르와 연구원들이 뛰어왔다.

"무슨 일인가?"

포르가 시오를 보았다. 시오는 포르에게 이분이 너의 아버지라고 알리고 싶은 마음을 억누르고 다급히 말했다.

"어서 병원으로 데려가야 해."

포르는 그 말을 무시한 채 타베스의 몸을 이리저리 살펴보았다. 며칠 전 치료를 받은 노동자가 떠올라 그와 같은 증상인지 확인하고 싶었기 때문이다.

"열이 굉장히 높아. 얼른 병원으로……."

"조용히 해!"

포르는 소리를 질러 시오의 입을 막고는 곧바로 복도로 나와 라돈에게 연락해 상황을 보고했다.

"응급실로 이송하게. 내가 곧 응급실로 갈 테니."

라돈의 말이 끝나자 포르는 응급실에 연락을 취했다.

"643번도 이상합니다. 이자도 열이 굉장히 높습니다!"

멀리서 또 다른 노동자가 소리를 질렀다. 여기저기서 웅성거림이 일었다. 포르는 혼란이 커지기 전에 여기 있는 자들을 밖으로 내보내야 한다고 판단했다.

"다들 나가! 광장으로 나가! 빨리빨리 움직여!"

노동자들은 슬금슬금 밖으로 나갔다. 곧 응급실에서 연구원들이 들이닥쳤다. 타베스와 643을 의무실로 데리고 갔다. 시오는 앞서 가는 포르의 팔목을 잡았다. 포르가 뒤를 돌아봤다.

"874 치료 잘해 줘. 부탁이야."

포르는 말없이 몸을 돌렸다. 어젯밤 874가 시오를 도우려 한 것이 떠올랐다. 서로 일하는 구역도 다른데 둘의 사이가 각별한 것 같아 이상한 느낌이 들었으나 곧 고개를 절레절레 흔들었다.

라돈은 응급실로 달려왔다. 누워 있는 노동자들을 보며 사태가 생각보다 심각해지는 것은 아닌가 우려가 되었다.

지난번 환자가 발생한 뒤 연구원들은 며칠 동안 정밀 검사를 실시했다. 방사능 수치는 너무나 미미했다. 문제는 방사능이 아니라 노동자들에게 있었다. 이들이 진짜 인간이 아니라는 점이었다. 99.9999의 인간 유전자를 가진 이들은 미세한 방사능 수치로도 암세포가 나타난다는 결론이 내려졌다. 그렇다고 이들에게 계속 막대한 양의 유전 물질 충전을 해 줄 수는 없었다. 그때 포르에게서 통신이 왔다.

"무슨 일인가?"

"같은 증상을 보이는 노동자들이 수십 명 나타나서 전부 응급실로 보냈습니다. 지금 노동자들 사이에 소요가 일어 병의 이유를 알기 전에는 일을 할 수 없다고 나서고 있습니다."

포르가 불안한 목소리로 보고했다.

"문제를 일으키는 자들에겐 노동을 하지 않으면 유전 물질 충전도 없을 거라고 똑똑히 일러두게. 공장은 관리자들과 알아서 수습하고 정리되면 다시 연락 주게."

라돈이 통신기를 끊었다. 환자들의 상태를 살펴본 의사가 라돈 곁으로 다가왔다.

"둘 다 고열에 시달리고 있습니다. 백혈구 수치에서 이상 징후가 보입니다. 급성 혈액암인 듯합니다."

"혈액암?"

라돈은 인상을 구겼다.

"이 사실을 아토무스에 알려야겠습니다."

"아직 안 됩니다!"

라돈이 격앙된 목소리로 말했다.

"새로운 피폭자들이 생겼고 이제 이곳에서 해결할 수 있는 정도를 넘어섰습니다. 저희 의료진도 어쩔 수 없습니다."

의사는 싸늘하게 말한 뒤 나가 버렸다. 라돈은 괴로운 듯 신음을 내뱉었다. 심호흡을 하며 마음을 가다듬었다. 그리고 아토무스에서 연구 중인 연구원들에게 연락을 돌렸다.

"지금 곧 아토무스로 들어갈 테니 모두 대기 바란다."

라돈은 곧장 비행장으로 향했다.

노동자들은 모두 광장에 나와 있었다. 그들은 노동자들이 아픈 이유를 알려 달라고 아우성쳤다. 연구원들은 노동자들 사이를 오가며 소리를 질렀다.

"어서 자리로 돌아가! 돌아가서 일을 하란 말이야!"

몇몇 관리자들은 노동자들에게 폭력을 휘둘렀다. 그 모습을 지켜보던 시오는 더 이상 참을 수 없었다.

"사실대로 말하면 우리도 이러지 않습니다! 왜 노동자들이 응급실로 이송되었는지, 앞으로 그들이 어떻게 되는 건지 제대로 설명해 주세요!"

시오가 폭력을 행사한 관리자를 노려보며 말했다. 그러자 포르가 앞으로 나서 노동자들에게 고함을 쳤다.

"때가 되면 알려 줄 테니 지금은 일을 해라!"

"그럴 수 없습니다. 어서 알려 주십시오! 알기 전에는 우리도 일을 할 수 없습니다!"

"뭐! 어디서 너 같은 게 이래라저래라 나서는 거야!"

포르가 시오에게 주먹을 날리자 시오가 옆으로 쓰러졌다. 노동자들은 서서히 뒤로 물러섰다. 시오가 일어나 포르에게 다가갔다.

"874가 누군지 알아?"

시오의 목소리는 작았지만 그 안의 기운은 선명했다.

"갑자기 무슨 소리야?"

포르가 시오의 멱살을 잡으며 물었다.

"네 아버지, 타베스 아저씨야."

포르는 툭, 손을 내렸다. 믿을 수가 없었다.

"말, 말도 안돼……. 어쨌든…… 나와는 상관없는 일이야."

포르는 이렇게 중얼거리고는 고개를 돌렸다. 하지만 눈동자가 흔들리고 있었다.

"네 아버지라고. 널 대신해서 여기로 온! 그래도 아저씨는 네게 자신의 존재를 알리지 말라고 했어."

"우린 이제 유전자가 달라. 겉모습도 다르고. 그런데 어떻게 그가 내 아버지가 될 수 있단 말이야!"

"몸은 달라졌지만 그 안에 새겨진 영혼과 기억은 같아."

"우리에게 영혼은 없어!"

"겉모습만 다를 뿐이야. 마음과 영혼은 같아. 너를 위한 아저씨 마음은 그때나 지금이나 달라지지 않았어. 그게 사랑이야."

"사랑? 실체도 없는 것을 가지고 나까지 현혹시킬 셈이야?"

포르는 피식 웃으며 노동자들을 둘러보았다.

"어서 제자리로 돌아가 일을 해라! 일하지 않는 자에게는 유전 물질 충전도 없다!"

포르가 위압적으로 외쳤다. 노동자들은 하나둘씩 공장 안으로 들어갔다. 포르의 눈앞에 고통스러워하던 타베스의 모습이 뚜렷하게 떠올랐다. 포르는 마음을 다잡았다. 냉정해져야만 한다고 다짐했다. 이곳 상황을 알리기 위해 라돈에게 통신을 보냈지만 통신기가 꺼져 있었다.

'무슨 일이지?'

포르는 다른 연구원에게 통신을 보냈다. 연구원은 포르에게 바로 아토무스로 오라고 전했다. 포르는 알겠다고 답한 뒤 통신을 끊었다. 마침 원전 1호기 관리자가 그의 옆을 지나가고 있었다. 포르는 그를 불러 세웠다.

"난 아토무스로 가야 하니 이곳 상황을 철저하게 살피고 무슨 일이 생기면 연락을 주게."

관리자는 그러겠다고 대답을 했다. 포르는 비행장으로 향했다.

20

포르는 물질 심사실 안으로 들어왔다. 심사실에는 수장과 물질 소유자들이 이미 자리하고 있었다. 포르는 그들 사이에 감도는 심상치 않은 기운을 느꼈다. 라돈은 심사단 중앙에 앉아 있었다.

"라돈, 공장 상황은 여전한가?"

수장의 질문이 끝난 뒤에도 라돈은 한동안 침묵을 지켰다. 물질 소유자들은 라돈이 어떤 말이라도 해 주길 바랐다. 라돈은 절망 어린 눈빛으로 수장을 쳐다보고는 입을 열었다.

"보고된 바와 같습니다."

여기저기에서 탄식이 터져 나왔다.

"하지만 시간을 좀 더 주시면 반드시 해결책을 찾겠습니다."

라돈이 다급하게 말했다. 수장과 물질 소유자들은 회의적인 반응을 보였다. 수장이 손을 든 뒤 말문을 열었다.

"원인이 외부에 있는 것이 아니라 노동자들의 유전자에 있다면 시간을 들인다 한들 해결될 문제는 아닌 듯하네. 당장 공장 가동을 중지하게."

"중지라면……."

라돈은 절박한 심정으로 되물었다.

"발전소를 봉쇄한다는 뜻이야. 우리의 주 에너지원은 변함없다. 기존대로 테라의 숲에서 생성된 포플러 나무를 연료화할 것이다."

"그럼 전 어떻게 되는 겁니까?"

라돈이 간절하게 물었다.

"정말 몰라서 묻는 건가?"

수장은 불편한 듯 얼굴을 찡그렸다. 말없이 일어나 심사실을 나갔다. 라돈은 온몸이 굳은 듯했다. 둔기로 머리를 얻어맞은 것처럼 아무 생각도 나지 않았다. 물질 소유자들도 심사실을 나가고 테라만이 남았다. 테라는 라돈 곁으로 다가왔다.

"당신이 잘되길 진심으로 바랐어. 일이 이렇게 돼서 정말 유감이야."

테라는 라돈의 어깨에 손을 얹고 위로했다. 라돈은 테라의 손에 짓눌려 온몸이 바닥으로 꺼지는 것만 같았다.

"그만, 혼자 있고 싶어."

라돈은 테라의 손을 치웠다. 테라는 말없이 심사실을 나갔다. 모든 상황을 지켜보고 있던 포르의 머릿속에 타베스의 얼굴이 선명해졌다.

'내가 너 대신 공장 지대로 갈 거야.'

통신기를 통해 타베스의 말을 들은 순간 포르는 안도감과 미안함을 동시에 느꼈다. 하지만 타베스에게 아무 말도 하지 못했다. 타베스가 공장 지대로 간 날, 반드시 물질 소유자가 되리라 결심했다. 포르는 라돈에게 달려갔다.

"어떻게! 어떻게 이 지경이 된 겁니까? 내가, 내가……."

포르는 라돈의 어깨를 잡고 흔들었다.

"네가 아무리 화를 내도 달라질 건 없어. 이제 공장 문이 닫히고 사냥꾼들이 공장 안으로 들어갈 거야. 노동자들을 모두 잡아들일 거라고."

라돈은 모든 것을 포기한 듯 담담하게 말했다. 포르는 라돈의 눈을 보았다. 깊은 구멍 안에 절망이 가득 들어차 있었다.

"모든 게 다 끝났어. 나, 너, 연구원들 모두 노동자가 될 거야."

포르는 라돈의 어깨에서 손을 뗐다. 그동안 간신히 매달려 왔던 희망의 끈이 완전히 끊어졌다고 생각하자 갑자기 못 견디게 타베스가 그리워졌다. 자신을 위해 모든 것을 희생한 아버지가.

"아버지……."

포르는 심사실을 뛰쳐나와 공장 지대로 향했다.

21

빙하 채취 작업장에 비상 사이렌이 울렸다.

"모두 작업을 중지하고 지하로 돌아가시오."

방송이 나오자 시오와 노동자들은 어리둥절해하며 무빙 머신에 올라탔다.

시오는 광장으로 와서야 심각한 사태라는 걸 알았다. 공장 가동은 중지되고 철문은 굳게 닫혔다. 노동자들은 아우성을 치며 돌아다녔다. 몇몇은 철문에 매달려 있었다. 그런데 관리자들과 연구원들이 한 명도 보이지 않았다. 시오는 구석에 앉아 벌벌 떨고 있는 노동자 한 명을 붙잡았다.

"무슨 일입니까?"

"우리도 몰라. 갑자기 사이렌이 울리더니 발전소 가동이 중지됐어."

시오는 치료를 위해 병동으로 간 타베스가 떠올랐다. 시오는 곧장 병동으로 뛰어갔다. 일반 병실 어디에도 타베스는 없었다. 시오가 마지막으로 간 곳은 치료 시기를 놓치거나 치료비로 지불할 유전 물질이 없는 이들이 모여 있는 곳이었다. 그곳에는 조만간 물질 결핍자가 될 이들이 간이침대에 누워 있었다. 시오는 누워 있는 자들의 손목을 일일이 확인하며 타베스를 찾았다. 마지막, 창가 옆 침대에 타베스가 있었다. 손목과 발목에는 쇠고랑이 차여 있었다. 이미 몸 절반 가까이가 회색 털로 뒤덮여 있었다.

"아저씨!"

시오가 소리를 높이자 타베스가 어렵게 눈꺼풀을 올렸다.

"시……오……."

잠시 뒤 병실 안에 발소리가 울렸다. 시오는 뒤를 돌아보았다. 포르가 가쁜 숨을 몰아쉬며 이쪽으로 오고 있었다.

"포르…… 대체 이게 무슨 일이야?"

"이 공장은 다 끝났어."

"끝났다니?"

포르는 아토무스에서 있었던 일들을 시오에게 들려주었다. 시오는 지금쯤 괴로워하고 있을 라돈의 모습을 상상하자 마음이 아팠다.

"포……르……."

타베스는 포르에게 시선을 옮기며 힘겹게 그의 이름을 불렀다. 시오는 타베스와 포르, 둘의 시간을 위해 뒤로 물러섰다.

포르는 이 초라하고 보잘것없는 물질 결핍자가 자신의 아버지라는 것을 믿을 수 없었다.

"네, 네가 여길 어떻게……."

타베스는 나오지 않는 목소리를 힘껏 밀어 냈다. 포르는 힘없이 축 처져 있는 타베스의 손을 잡았다. 따뜻함이 손끝에서 시작되어 가슴을 거쳐 온몸으로 전해졌다. 타베스의 손끝이 움직이기 시작했다. 놀란 포르는 그 손을 놓고 고개를 홱 돌려 버렸다. 타베스는 그런 포르의 뒷모습을 물끄러미 바라보았다.

"아저씨가 너를 보고 있어."

시오의 말에 등을 지고 있던 포르가 몸을 돌렸다.

"아, 아버지."

포르는 힘겹게 입을 열었다. 타베스의 눈이 촉촉하게 젖어들었다. 밖에서 비명과 거친 구둣발 소리가 어지럽게 들려왔다. 허둥대는 이들의 목소리가 병실 안쪽까지 흘러들어 왔다. 하지만 포르는 떠날 생각을 하지 않았다. 타베스의 눈동자가 심하게 흔들렸다.

"어서…… 어서 가."

타베스는 힘주어 말했다.

"아버지를 두고 갈 수는 없어요."

포르는 타베스의 손목과 발목의 쇠고랑을 풀기 위해 안간힘을 썼다. 하지만 소용없는 일이었다. 타베스는 모든 것을 체념한 듯 눈길을 천장에 두고 입을 열었다.

"난…… 난 두렵지 않다. 시오, 다 네 덕분이다. 우리에게는 모두 영혼이 있다고 했지? 인간은 완벽한 존재가 아니라고 했지? 참 신기하게도 이곳에 누워 있으면서 이상한 경험을 했어. 눈을 감으면 이상한 세계가 보였단다. 그곳은 우리 고대 문명지였어. 그곳에 내가 있었지. 난 시오 네 말을 믿는다. 그리고 포르, 어떤 어려움이 닥치더라도 그 안에서 삶의 기쁨을 찾아야 한다. 그러면 견딜 수 있을 거야. 영혼이 있으니 물질 결핍자가 되어 죽은 뒤에도 나는 널 지켜볼 수 있을 거야. 그러니 괜찮다. 어서 가라. 어서……."

타베스는 더 이상 말을 잇지 못했다. 밖에서 여러 명이 우르르 몰려오는 소리가 들렸다. 시오는 두려움 속에서 타냐를 떠올렸다.

'타냐, 난 어디로 가야 하지? 무엇을 선택해야 하지? 다시는 널 볼 수 없는 건가?'

시오는 중요한 결정을 해야 할 순간이 왔음을 직감했다. 둘 중 하나였다. 이대로 사냥꾼들에게 잡히느냐, 아니면 어떤 일이 벌어지든 감수할 것을 각오하고 빙하 지대로 가느냐. 잠시 고민하던 시오는 마음을 다잡았다.

"난 빙하 지대로 갈 거야. 넌?"

"빙하 지대? 미쳤어?"

"그곳이 진짜 우리 행성이야."

"난, 난 가지 않겠어. 여기 있을 거야. 어차피 달라질 건 없어."

시오가 고개를 돌렸다. 사냥꾼들이 들이닥쳤다. 시오는 모두와 마지막 작별 인사를 해야 할 때가 왔음을 알았다. 시오는 포르와 타베스의 손을 잡았다.

"포르, 어떤 상황에서도 힘내, 알았지? 아저씨, 아저씨를 만나서 전 기뻤어요. 이곳에서 외롭지 않았어요. 언젠가, 언젠가 다시 만날 수 있을 거예요. 꼭요."

타베스는 천천히 고개를 끄덕였다.

시오는 옆에 있는 창문 밖으로 뛰어내렸다. 바닥에 내리는 순간 두 무릎이 시큰했지만 고통을 느낄 틈이 없었다. 시오는 급히 몸을 숨기며 광장을 바라보았다. 사냥꾼들이 노동자들을 마구잡이로 잡아들이고 있었다. 노동자들은 광장 안에 준비된 차량에 갇혀 있었다. 시오는 곧장 달렸다. 바닥에 널브러져 있는 방한복을 껴입고 무빙 머신 쪽으로 갔다. 다행히 몇 개의 무빙 머신이 아직 가동 중이었다. 그 앞에 노동자들이 있었다. 그들은 두려움에 떨면서도 선뜻 거기에 올라타지는 못했다. 시오는 그 틈을 비집고 무빙 머신 앞에서 버튼을 눌렀다. 문이 열리자 재빨리 올라탔다.

"전 빙하 지대로 갈 겁니다. 저와 함께 가실 분은 타십시오!"

아무도 나서지 않았다. 놀란 눈으로 시오를 바라만 보고 있었다.

"어차피 여기 있어 봐야 물질 결핍자가 됩니다. 생체 실험이나 당할 거라고요!"

시오가 노동자들을 보며 외쳤다. 누군가 떨리는 목소리로 말했다.

"빙하 지대에 간다 해도 마찬가지잖아. 거기 간다고 달라질 건 없어."

"아뇨, 달라요. 적어도 어쩔 수 없이 죽임을 당하는 것은 아니니까요. 정말 없습니까?"

시오는 소리쳤다. 모두가 고개를 가로저으며 뒤로 물러났다. 사냥꾼들이 달려오고 있었다. 시오는 더 이상 지체할 수 없었다. 버튼을 누르자 문이 닫혔다. 무빙 머신은 초고속으로 올라갔다. 시오는 바닥에 주저앉았다. 심장이 두근거려 견딜 수가 없었다. 어느 때보다도 시간이 더디게 흘러가는 것만 같았다. 이 문이 열리면 앞에 펼쳐질 광경이 무엇일까? 상상만으로도 두렵고 무서웠다. 타베스와 라돈, 테라, 포르, 피아의 얼굴이 차례로 지나갔다. 마지막으로 타냐가 떠올랐다.

"타냐……."

시오는 타냐의 이름을 부르며 눈을 감았다.

22

　무빙 머신의 문이 열렸다. 사방이 얼음이었다. 살이 베일 듯한 날카로운 바람이 휘몰아쳤다. 바람보다 더 날카로운 두려움이 방한복 안, 시오의 몸속으로 불어닥쳤다. 막막했지만 걸음을 떼야 했다. 시오는 천천히 빙하 지대로 발을 내려놓고 빙산을 향해 걸음을 옮겼다.

　"내가 선택한 거야. 현재에 있는 거야. 진짜 내 모습을 찾은 거야."

　이렇게 다짐하며 시오는 걷고 또 걸었다. 빙산 틈으로 들어갔다. 바람이 잦아들었다. 크고 작은 얼음 동굴들이 눈에 들어왔다. 개중 가장 좁은 얼음 동굴로 들어갔다. 동굴 속은 생각보다 깊었다. 시오는 네발 달린 동물처럼 기었다. 산소가 부족해 점점 숨이 가빠오고 답답했다.

얼마나 시간이 지났을까. 더 이상은 움직일 힘이 없었다. 시오는 그대로 쓰러졌다. 두려움을 잠재울 유일한 방법은 타냐뿐이었다. 신기하게도 겉모습의 탈을 벗어 낼수록 타냐에 대한 그리움과 기억이 더욱더 선명해졌다. 그 기억을 통해 시오는 자신 안에 아직도 타냐의 영혼이 살아 있음을 느꼈다.

'밤이 되었을 거야.'

시오는 별을 생각했다. 타냐와 함께 있었던 시간 속으로 영혼이 흡수되는 것 같았다. 싯카의 바람, 냄새, 북소리……. 가슴이 벅차올랐다. 눈물이 쏟아졌다. 시오는 곧 깊은 잠 속으로 빠져들었다.

눈을 떴을 때, 시오의 몸은 상당 부분 털로 뒤덮여 있었다. 시오는 방한복을 벗고 변한 자신의 몸을 살펴보았다. 손등에 털이 텁수룩하고 손톱은 날카롭게 자라 있었다. 허벅지는 탄탄해졌다. 입은 돌출되었고 코끝이 축축했다. 시오는 긴 손톱으로 얼음을 깨기 시작했다. 얼음이 가루로 부서져 흩어졌다. 얼음 부스러기를 모아 입 안에 넣었다. 얼얼했다. 하지만 목을 좀 축이자 살 것 같았다.

시오는 서서히 정신을 차렸다. 깊은 고요 속에서 모든 감각을 곤두세웠다. 멀리서 미세한 소리가 들려왔다. 시오는 눈을 감고 그 소리에 집중했다.

똑, 똑, 똑.

맑고 투명한 소리였다. 마치 반짝하고 빛나는 별의 소리 같았다. 미세한 소리였지만 주위를 감싸는 파동은 생각보다 컸다. 시오는 소리의 진원지를 찾아 동굴 속으로 더 깊숙이 들어갔다.

안으로 들어가면 들어갈수록 동굴 바닥이 점점 축축해졌다. 시오는 바닥을 어루만졌다. 물이었다. 아주 약하지만 천천히, 조금씩, 얼음이 녹고 있었다.

'빙하가, 빙하가 녹고 있다니!'

시오는 물에 잠긴 지구의 문명지 아틀란티스를 떠올렸다. 물은 희망의 신호일까, 재앙의 예고일까?

시오는 그 답을 알지 못한 채 자리에 풀썩 쓰러졌다. 눈이 감겼다. 감긴 눈 속으로 광활한 우주 공간이 펼쳐졌다. 그곳에 수천 개, 아니 수억 개의 별이 흩뿌려졌다. 그리고 밤하늘에서 떨어진 별똥별이, 우주 쓰레기가 된 피아에 대한 안타까움이, 가슴속에서 빛나는 타냐에 대한 사랑과 그리움이 되살아났다.

시오는 눈을 떴다. 세상은 어둠뿐이었다. 그 어둠 속에 모든 기억들을 내려놓았다.

'내 기억들도 자디잘게 분해가 될까? 그러면 이 기억들도 우주를 떠돌다가 다시 지구에 정착할지 모른다. 아니면 피아가 그토록 오고 싶어 했던 나의 행성, 엘리시온 어딘가에 내려앉을지도. 그렇게 나는 다시 살아날 것이다.'

피로가 몰려들었다. 시오는 눈을 감고 타냐의 지하 방에서 보았던 화석을 떠올렸다. 돌에 새겨졌던 아주 오래된 생명체의 이야기. 자신도 화석이 될지 모른다고 여겼다. 십억 년 뒤, 이십억 년 뒤…… 어쩌면 타냐를 닮은 소녀가 엘리시온에 살게 될지 모른다. 그 소녀로 인해 자신의 이야기가 되살아날지도 모른다. 시오는 털로 뒤덮인 손을 뻗어 얼음을 매만졌다. 손끝에 되살아난 종족의 감각은 이 세계를 빨아들였다. 시오는 아스라이 다가오는 시간의 소용돌이 속에 자신을 던졌다.

둥, 둥, 둥. 어딘가에서 북소리가 들려왔다. 타냐의 향기가 콧속에 배어들었다. 시오의 입가에 미소가 번졌다. 눈을 감으면 깨어나지 못할 것 같은 느낌이 들었다. 설령 그렇다 해도 상관없었다. 죽음은 더 이상 두렵지 않았다.

스스로가 아주 작고 초라하게 느껴질 때가 있다. 그런 순간에는 다른 누구의 말보다 나 자신의 위로와 다독임이 절실해진다. 내가 찾은 방법은 잠시 지금의 고민에서 벗어나 우주를 떠올리는 것이다.

우주의 관점에서 보면, 길어야 백 년도 채 되지 않는 한 사람의 시간이란 찰나에 지나지 않고, 그 안에서 벌어지는 많은 일들도 티끌 같은 것에 불과하다. 모든 것이 한순간 반짝 빛을 내고 사라질 뿐이라 생각하면 오히려 마음이 편안해지고는 했다.

그러다 문득 우주 어느 별에도 나처럼 스스로 위로하고 보듬는 존재가 있지 않을까 생각했다. 그에게 이름을 붙여 주고 싶었다.

그 이름은 여러 가지로 바뀌었지만, 시간이 지나면서 '시오'로 자리 잡았다. 한 번도 시오를 외계의 다른 생명체라 생각하지 않았다. 하나의 우주에 살고 있는 시오와 나는 똑같이 영혼을 지닌 존재니까.

나는 시오가 사는 별을 상상했다. 그곳은 지구와 닮았을까? 그 별에는 어떤 생명이 살고 있을까? 그 별에도 지구와 비슷한 진화 과정이 있었을까? 어느덧 내 안에 시오의 세계, 엘리시온이 담겼다. 그 세계는 현재이면서 미래 같고, 미래이면서 과거 같은 곳이었다.

그즈음 사진작가 호시노 미치오가 알래스카를 순례하며 남긴 글과 사진을 모은 『나는 알래스카에서 죽었다』를 읽었다. 그 책에서 남동 알래스카와 싯카 섬, 퀸샬럿 제도에 있는 토템폴 등을 만났다. 이번 작품의 배경이 알래스카인 것과 타냐라는 소녀가 탄생한 것은 어느 정도 이 책 덕분이다.

'짙은'의 「백야」라는 노래도 영감이 되어 주었다. 우연히 듣게 된 노래인데 신기하게도 선율과 가사가 뇌리에 오래 남아 몇 번이고 곱씹었다. 그러면서 시오와 타냐의 이야기가 영화처럼 내 눈앞에 펼쳐졌다.

감사할 분들이 많다. 이대와 신촌에서 이 글을 함께 읽어 준 분들, 싯카 섬 이야기를 들려준 전승화 한문숙 부부, 김영선 씨를 비

롯한 창비 편집부, 그리고 가족. 마지막으로 나와 교감하며 영혼을
나누는 우주의 모든 존재에게 고마움을 전한다.

2014년 겨울

최양선

• **도움받은 책**

『나는 알래스카에서 죽었다』호시노 미치오 지음, 임정은 옮김, 다반 2012.

『집단 기억의 파괴』로버트 베번 지음, 나현영 옮김, 알마 2012.

『과학, 우주에 마법을 걸다』에르빈 라슬로 지음, 변경옥 옮김, 생각의나무 2007.

『할아버지가 들려주는 우주 이야기』위베르 리브 지음, 강미란 옮김, 열림원 2011.

창비청소년문학 63

너의 세계

초판 1쇄 발행 • 2014년 12월 12일
초판 2쇄 발행 • 2021년 1월 12일

지은이 • 최양선
펴낸이 • 강일우
책임편집 • 김영선
펴낸곳 • (주)창비
등록 • 1986년 8월 5일 제85호
주소 • 413-120 경기도 파주시 회동길 184
전화 • 031-955-3333
팩시밀리 • 영업 031-955-3399 편집 031-955-3400
홈페이지 • www.changbi.com
전자우편 • ya@changbi.com

ⓒ 최양선 2014
ISBN 978-89-364-5663-4 43810